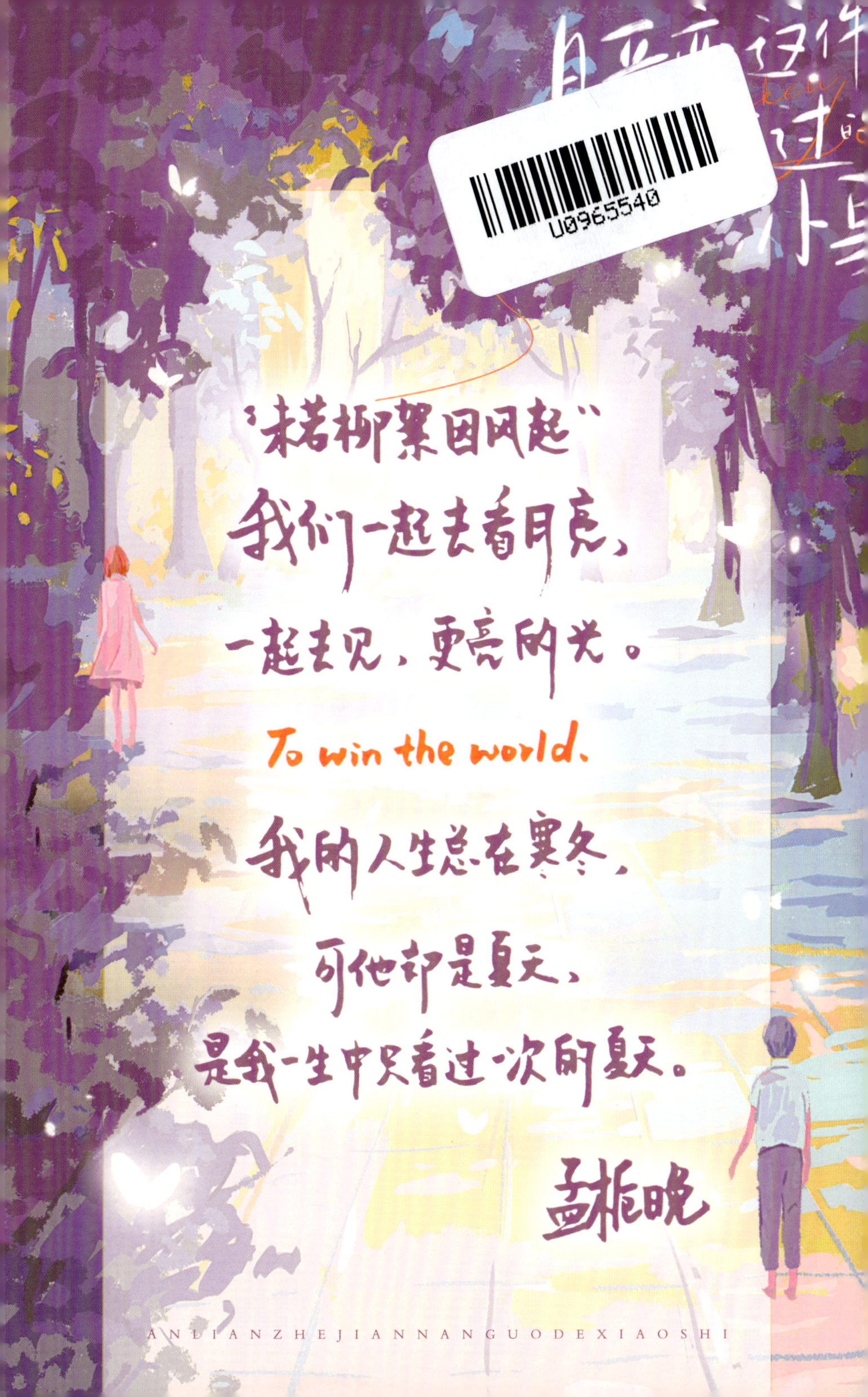
"未若柳絮因风起"
我们一起去看月亮、
一起去见、更亮的光。
To win the world、
我的人生总在寒冬、
可他却是夏天、
是我一生中只看过一次的夏天。
孟栀晚
ANLIANZHEJIANNANGUODEXIAOSHI

"叶风，我们一起去市实验吧。"

『新年快乐。』

有爱的青春陪伴者

她的心里开出了一朵小小的花，
绽放在冰冷的暗夜里，好看又刺眼。

暗恋这件难过的小事
Unspoken Love
孟栀晚／著
四川文艺出版社

图书在版编目（CIP）数据

暗恋这件难过的小事 / 孟栀晚著 . -- 成都：四川文艺出版社，2023.2（2025.4 重印）
ISBN 978-7-5411-6564-1

Ⅰ . ①暗… Ⅱ . ①孟… Ⅲ . ①长篇小说 – 中国 – 当代 Ⅳ . ① I247.5

中国版本图书馆 CIP 数据核字 (2022) 第 247895 号

ANLIANZHEJIANNANGUODEXIAOSHI

暗恋这件难过的小事

孟栀晚 著

出品人	冯　静
责任编辑	邓　敏
特约编辑	周丽萍
装帧设计	颜小曼　孙欣瑞
责任校对	段　敏
出版发行	四川文艺出版社（成都市锦江区三色路 266 号）
网　址	www.scwys.com
电　话	0731-89743446（发行部）　028-86361781（编辑部）
排　版	长沙大鱼文化传媒有限公司
印　刷	天津睿和印艺科技有限公司
成品尺寸	145mm × 210mm　　开　本　32 开
印　张	9　　插页 2　　字　数　200 千字
版　次	2023 年 2 月第一版　　印　次　2025 年 4 月第四次印刷
书　号	ISBN 978-7-5411-6564-1
定　价	42.80 元

目 录 MULU

目 录 MULU

第一章

他不是个普通人 /

小时候的林絮最大的梦想，是希望自己能钻进电视机里去。她要把自己的灵魂附着到那些电视剧女主角身上——她必然是只当女主角的，然后尽情地去享受男主角和男二号没来由的关注和偏爱，再也不从里面出来。

这种想法，在每个她爸妈刚吵完架，锅碗瓢盆碎了一地的夜晚，越发强烈而明显。

她妈妈是县医院的主任医师，专业而强势；她爸爸曾经是个狱警，因为值夜班的时候喝酒赌钱，被开除了，后来做了修车工人。

她爸爸自觉丢脸，把一肚子的怨气都撒在了她妈妈身上，却对让他同时丢了工作和面子的喝酒赌钱愈加沉迷。

她妈妈经常红着眼圈，边收拾地上的碎瓷片边抹眼泪。

“为什么不和他离婚？”林絮从房间里跑出来问妈妈。

“还不都是因为你！”妈妈瞪着她，咬牙切齿。

“还不都是因为你”，这是妈妈经常会挂在嘴边的话。

在重男轻女的奶奶家受了冷眼和委屈，妈妈会指着她的鼻子说：“还不都是因为你！”

和爸爸吵架打得鸡飞狗跳，妈妈会在收拾残局的间隙抬头冲她吼：“我早就想跟他离婚了，还不都是因为你！”

她的数学成绩不及格，妈妈被班主任叫到学校谈话训斥。回家的路上，妈妈会抽开她想要握住自己的手说：“我这么丢脸还不都是因为你不争气！”

似乎妈妈身上发生的所有不好的事情，通通都是因为她。

可是，十岁的林絮弄不明白原因。

为什么？

她真的有这么罪大恶极吗？

小时候的林絮听过一句名言，叫“艺术来源于生活”，在她眼里，说这句话的人简直就是在胡扯。

生活是什么？

生活是踏进家门就能听见的无休无止的谩骂与争吵，生活是班主任老师把她抄歪了字的田字格本当着全班同学的面狠狠撕碎甩在地上，生活是班级里戴着臂章的中、小队长耀武扬威地拉起小团体不让同学们跟她玩，因为老师在班会课上说了她脑子笨。

老师说谁笨，谁就是被钉在耻辱柱上的十恶不赦的罪犯。

可是电视剧里才不是这样。

他们班那几个摇着辫子争尖好胜的小女生，成天就只会拿老师的话当圣旨来吓唬人。像她们这样的家伙，在电视剧里，全部都只有恶毒女配角的命。

教室里，班主任正滔滔不绝地夸奖着前排那几个把背挺得笔直的班干部小女生，脸笑得几乎僵硬。林絮百无聊赖地坐在座位上，在心里默数着秒针计算着放学时间。

她想飞奔回家里的电视机前，打开电视剧，仿佛这样她就可以把白天看到的那些可恶面孔一脚踢飞，翻身做主角。

后来，因为她的小升初成绩过于糟糕，加上妈妈不止一次在下班回来的时候摸了摸热得发烫的电视机并且发现了没被摆正位置的遥控器，妈妈一狠心，再也不去交收视费了。

那个没有电视的暑假简直要了她的命。

不过很快她就发现了新大陆。

逛书店。

她开始学会别别扭扭地挪到青春小说专栏前面，看准名字嗖地抽出一本，然后把它夹进自己早就挑选好的大本初中辅导书里面，蹲到没人看得见的角落里，偷偷地一看就是一下午。

小说看得多了，她开始在自己新买的糖果屋笔记本上编故事。

冷酷大明星爱上平凡学生妹，翩翩公子搭救逃婚遇险的闺阁小姐……女主角必须是普通的、善良的，像她一样没什么特点的，绝不能是小学时候他们班的小班长那样叽叽歪歪张牙舞爪的。

房门外是大人们的争吵声和茶杯打碎的声音，房门内，她把眼泪啪嗒啪嗒地滴落在五彩的糖果屋信纸上，希望自己笔下的英雄能从信纸上伸出手来带她走。

然而她蒙着被子乞求了一宿，也只是听到了早上爸爸妈妈摔门去上班的声音。空荡荡的房间里，寂静无声。

她的盖世英雄，只能活在她的心中。

初一开学后，林絮意识到编了一整个暑假的故事带给她的改变。她似乎写起记叙文来并不费力，甚至觉得老师讲的范文都有些幼稚。

初一上学期的期中考试，当班主任看到她的考试作文时，第一个反应是把她叫到了办公室，严肃地问："说实话，是你自己写的吗？"

她点头。

班主任没再说什么，冷着脸把作文纸交还给她。她低头，看到作文纸上鲜红的数字"48"。50分满分的作文，她得了48分。

那天，她的作文被当作优秀范文在全年级印发了。

可班主任自始至终都没有夸奖她。

因为对差生的不信任。

初中生活跟小学生活其实也没什么明显的不一样。

林絮依旧沉默寡言，守着糟糕的成绩在这个班级里扮演着一个可有可无的透明人。父母依旧会在夜深人静的时候吵得不可开交，似乎房间里那个埋头写作业的她不曾存在一样。

她真的存在吗？

她不止一次在心里问过自己这个问题。

直到有一天，她终于能给自己一个确定的答案。

她是存在的。

因为……她喜欢上了一个人。

他是隔壁班的男孩子，名字叫叶风，很普通的名字。但他不是个普通人。

两班合上的体育课上，她独自坐在角落的单杠上，耷拉着双腿静静地打量着斜前方篮球场上那个好看的男孩子打篮球的背影。

他很奇怪，或者说，他很神奇。

听说他学习成绩很好，期中考试考了全年级第一。而且他长得也很好看。他不光成绩好、长得好看，他的性格还特别活跃。人群中，他跟他周围那些互相勾肩搭背的贫嘴爱闹的男孩子似乎没有什么分别，但林絮知道，他跟他们是不一样的。

因为他学习成绩比他们好，而且长得还比他们好看。

……

这样肤浅的想法让林絮很鄙视她自己，但她不得不承认，这样一个突然出现在她乏味生活中的耀眼夺目的男孩子，实在太容易吸引她的注意，也实在太适合让她去喜欢了。

她微微仰起头，去看头顶那片仿佛被浅蓝色墨水浸泡过的天空。被操场四周的教学楼和栅栏围住的四四方方的一片天空，在不同的人眼中，竟然会这么不一样。

她忽然觉得自己在这一刻化身成了言情剧女主角，她的盖世英雄，就这样猝不及防地闯入了她的现实生活中。

她不再偷偷摸摸地看言情小说了，她开始偷偷摸摸地看他。

她会在课间装模作样翻书的时候竖起耳朵偷听关于他的八卦。她会特意跑到走廊尽头的开水间去接水，只为了能偶尔在路过隔壁班门口的时候捕捉到一个他匆匆而过的背影。她也会在走廊里听到某个女生喊“看，叶风”的时候，下意识地朝女生指着的方向看过去。

看过去，很刻意，却更像一种本能。

所以，当她的作文被全年级印发的时候，她陷入了一种不切实际的幻想之中，尤其是当她看见三两个其他班的尖子生特意跑到班级门口来打听她是哪个的时候，她开始在脑子里不停地期待，他会不会也来找她呢？

他会不会突然出现在她的面前，兴冲冲地问：“你就是林絮？”然后笑眯眯地跟她招手说，“认识一下吧，我是九班的叶风。”

认识一下吧。

她坐在座位上托腮想着，突然听见同桌男生在她耳边大声地“喂”了一句。

“脚抬一下，你踩到我卷子了。”

“啊？”她回神，没听清同桌说什么。

“我说，”同桌翻了个白眼，“脚抬一抬。”

“哦……”她低头，看到脚底下不知道什么时候踩到了一张数学卷子，赶紧抬了脚，小声地道歉，“真的对不起，我没看到。”

“有病！”

同桌把卷子捡起来摔到桌子上，抱着篮球就离开了。但她还是听见了他低低的一句骂声，看到了他眼神里的不屑和轻蔑。

每天不努力学习只会调皮捣蛋的男孩子，也并不是对谁都骂骂咧咧凶巴巴。他只是对她这样，对班上那些长得特别漂亮或者学习成绩很好的女生，他就狗腿子得厉害。

她不明白，为什么班主任非要自作主张地把文静内向的女生跟捣蛋不学好的男生配成一桌。班主任这样安排，仿佛觉得自己给了这些男生一个天大的恩赐和改邪归正的大好机会，却从来没问过这些女生愿不愿意。比如，她愿不愿意。

课间操的铃声响起来，班里的同学们已经走得差不多了。她习惯了自己一个人去上课间操，总是拖到打铃的时候再出去，这样走到操场的时候她就可以直接站在自己的位置上做操，免去了之前自由活动时自己形单影只的尴尬。

她也想有个朋友的，只是班上的小帮派形态分明，学习好的跟学习好的玩，活泼爱闹的跟活泼爱闹的玩，而她，似乎两种人都不是。好像班上的女生都忘记了，除了这两个小帮派的若干人之外，还剩下一个她。

“你们班那个林絮，作文写得不错啊！之前怎么从来都没听说过这个人啊？”

做完操回班的路上，她听见一班的一个男生跟自己班上的一个男生议论道。

“谁？林絮？”男生费劲儿地想了想，“是我们班的？”

似乎是虚荣心作祟，为了彰显自己那点可怜的存在感，她故意从两个男生的身侧走过，快步超过了他们，留下一个明晃晃的背影。突然他们班那个男生手里的篮球滚落，直直地擦过她的脚踝。

“对不起啊。”

她弯下腰想帮他把球捡起来，却被男生抢了先。脚边的篮球被轻易地捞起，男生没看她一眼，匆匆道了歉后，郑重其事地跟他一班的好哥们说：“我真不记得我们班有林絮这么个人。”

她停下脚步，看着两个男生的背影越过自己渐行渐远，突然觉得自己很可悲。

一种巨大的失落感和无力感袭上了她的心头，关于叶风。

她扯起嘴角，无力地苦笑了一下。

她早该清醒一点的。

其实，那个离她那样遥远的叶风，也不过是个她永远都不可能有机会触摸到的梦。

他怎么可能会是她的盖世英雄？！

第二章

他的话就像咒语 /

“听说了吗？期中考试叶风作文写跑题了，才得 32 分。他们班语文老师快被气死了。最重要的是，叶风考语文的时候提前半小时交的卷。”

放学时间，浓稠暮色将整栋教学楼染上了一层橙黄。

林絮做完值日的时候已经将近晚上六点。她收拾好书包，掏出保温杯去教学楼顶楼唯一还有热水的开水间打水。在楼梯拐角处听到两个女生正在谈论叶风的八卦。

“不会吧，作文写跑题了还能考第一，还让不让别人活啊。”

“听说他们班语文老师罚他把今天发的那篇优秀范文抄十遍，没抄完不让走。”

“呃，就十班那个女生写的那篇？那女生叫什么来着？我真怀疑她这篇作文是从哪儿背下来默写上去的。”

“管她呢，我们家叶风是真惨。”

她们家叶风。

林絮突然有点想笑，从两个女生身边擦肩走过去，顺着楼梯爬到了六楼的开水间。

接完开水后，她忽然注意到有刺眼的光亮从开水间对面废旧的杂物间里透了出来，于是下意识地朝杂物间关不严的门缝里瞄了一眼。

只是瞄了一眼，她的心跳便猛然漏了一拍。

杂物间里没有开灯，傍晚时分的昏黄光影下，正坐在一张废旧课桌上双手捧着游戏机的男孩清秀而英气的五官轮廓蓦然闯入她的眼睛，让她那样熟悉而陌生。

是她远远地偷看过无数次的，在心里描摹过无数遍的一张脸。

是能让无数女生瞧上一眼便心跳加速的一张脸。

可是，像他那样的好学生，怎么会……偷偷打游戏呢？

“干什么呢？”

教导主任突然经过，一声大喝吓得她一个激灵，保温杯里的水溢到手上，她被烫得惊呼一声，却还是下意识地迈开一步，将杂物间的门缝严严实实地挡在了身后。

“清楼了，怎么还不回家？”

“老师，我刚做完值日，有点晚了，我这就回去。”她解释，却稳稳站在原地，没有离开的意思。

“还不走？”教导主任皱着眉头问。

“老师，我刚刚接的水洒了。”她瞧了眼开水机的显示屏上正在不断上升的数字，“我再等一会儿，等水烧开了，我接完就走。”

“行，早点回去啊。”教导主任没再怀疑什么，嘱咐了她一句便转身走下了楼梯。

直到目送教导主任的背影彻底消失在视野中，林絮才终于松了一口气，却又突然回过神来想，自己为什么要帮他呢？

万一她看错了，里面的人不是他怎么办？再说，他跟自己本来也不认识……万一哪天有人调了杂物间的监控，发现了今天的事，她要怎么解释？

“喂，同学。”她正纠结，肩膀突然被人从身后拍了一下。

她应声转身，撞上了一张笑得灿烂的脸。

第一次，她跟他离得这样近，清清楚楚地看见了他的模样。他皮肤很白，唇色不深不浅，细长的眉毛下，琥珀色的瞳仁闪动着明亮而纯净的光。

“刚刚，谢了。你叫什么名字？哪个班的？”

“林絮，十班的。”她有些紧张，声音微微发颤。

男孩的眼里有一丝讶异闪过，旋即大叫道：“你就是林絮？”

你就是林絮？认识一下吧，我是九班的叶风。少年清晰的轮廓隐匿在光影里，让她分不清是现实还是幻觉。

“你写的那篇作文，差点没让我抄死！”

“呃？”她反应过来，突然不知道该怎么回答。

少年却紧接着开口。

“我是九班的叶风。你要回家吗？咱们一起走吧。”

“好……”

“你作文怎么写得那么好啊？我最不会写作文了，而且我学得最差的一科就是语文。我们班语文老师今天让我把你那篇范文抄了十遍，弄得我一整天什么事都没干成，手都快抄断了。林絮，我可记住你了。”

叶风滔滔不绝，前言不搭后语，却让别别扭扭的她神经松懈下来，少了些许的尴尬。

不知道为什么，当他说“林絮，我可记住你了”的时候，她的心脏突然颤了颤，仿佛被一只温热的手贴了一下。

“其实作文也没那么难写，多看几本作文书，摘抄里面的优秀作文，然后再仿照着写，慢慢就有感觉了。我也是看了很多书……才慢慢会写的。”

“还得看作文书啊？也太麻烦了。”男孩耷拉了脑袋，突然灵光一现，抬起头目光炯炯地看向她，“你以前摘抄过的那些优秀作文，能借我看看吗？”

他接着说：“这样我就不用看书了。”

“好……我明天拿给你吧。”

“太好了，谢了啊！”他十分自然地拍了拍她的肩膀，把她拍得一愣。

她不知道，原来叶风家住的小区跟自己家的小区是顺路的。只是他骑车的时候会走环外路，所以她从来没碰见过他。

她就这样跟他并肩走了很远的一段路。

“你为什么要在杂物间里打游戏啊？”她犹豫半天，还是败给了好奇心。

叶风瞧她一眼，扑哧笑了，耸了耸肩说：“我就想每天都能打会儿游戏，在学校老师不让我打，在家我爸妈不让我打，所以我只能找个地方偷偷打了。”

“但你不是好学生吗？”

“好学生？”叶风笑得更厉害了，“成绩好就一定是好学生吗？”

“不是吗？”

“成绩好就是不一样啊。”林絮觉得自己好像偏离了话题，却还是发表了一番自己的抱怨和感慨，“成绩好的学生会得到老师的偏爱和同学的尊重，就像你。老师总在我们班夸你，我们班同学都听说过你，都知道你特别厉害。”

“对啊，我确实特别厉害。”叶风突然偏过头来，得意地挑了挑眉，“所以说，成绩好还是很有用的。”

他补充说：“连做在学校里打游戏这种违纪的事都更有底气。”

林絮点头，觉得他说的话很有道理。

“你知道考第一是什么感觉吗？”他突然问她，语气却像在自言自语，“就是那种‘爷就是爷，你们谁也不行’。反正，特别爽。”

叶风缓缓仰起头，若有所思地望着漆黑夜幕下竞相闪烁的三两颗繁星，嘴角轻轻弯了弯。

好欠揍啊。

林絮腹诽，却顺着他的目光看向了夜幕笼罩下的微弱星光，心上那摊平静了这么多年的死水，仿佛突然被人搅起了波澜。

他说，成绩好是很有用的。

回到家吃完了晚饭，林絮坐在自己房间的书桌前，把初一开学以来摘抄过的优秀作文都翻了出来。注意到有的地方勾抹痕迹明显，她觉得不够整洁好看，便用工整的正楷字一笔一画地往复印好的作文答题纸上重新誊写了一遍，忙活到了将近半夜十二点。抄完作文后，她揉了揉自己酸痛的胳膊和肩膀，开始写当晚的作业。

她忙了一整晚没睡，不知道是不是熬夜的原因，她的心脏咚咚跳着，前所未有的剧烈和飞快。

悄无声息的暗夜里，第一次，伴着鼓点般的心跳声，伴着脑海中凌乱拼凑的他的神情样貌，她这样强烈地感受到了自己的存在。

存在。

仿佛今晚放学回家的路上，那漆黑夜幕上的点点星光突然洒落，猝不及防地落在了她的头上。

仿佛是忽然得到了什么能一招致胜的通关秘籍，只要按照这个秘籍修炼下去，她就能走出谷底，让所有人都见识见识她的厉害。

她不想再做一个不被人知晓的透明人。

她也想当一回主角。

当一个像他一样骄傲的、受人追捧的、浑身上下都散发着光的主角。

第二天，林絮把作文纸转交给叶风后，便再没了他的消息。一个月过去了，他没再来过他们班找她。鸡飞狗跳的十班，充斥着矛盾和插曲的生活，忽然被笼罩上了一层莫名其妙的失落感。她像是被什么东西摄了魂。然而每当上课铃响起的时候，每当她把老师布置的练习册翻开的时候，她却像灵魂突然附体一般，连看向老师和练习册的眼神都变得神圣而虔诚起来。

叶风的话就像咒语，时时回荡在她的耳边。他说，成绩好是很有用的。

用小学班主任的话说，她“笨得出奇，啥也不是”。或许让老师和家长更为忧心的，是她以后考不上一个好的高中和大学，找不到一个好的工作，拥有不了一个好的“未来”。

好的未来，真的有那么重要吗？相比于未来，或许她更想拥有的，是一个好的现在。

不再被老师无视，不再被同学轻视，不再被爸妈指着鼻子骂，仅此而已。

她不想再做一个没用的人。

没用，不知道用怎样的身份才能跟叶风做朋友。她为什么这么迫切地想跟他做朋友？她真的有这么喜欢他吗？

她找不到确切的理由，却清楚地记得给他誊抄作文那晚，自己咚咚的心跳声。

班上的女生，跟叶风关系熟络的，要么是能跟叶风在同一个考场考试的学霸，要么是大大咧咧会主动跟他搭讪的漂亮女神。

她想了想，觉得自己还是适合朝第一个方向发展。

至少，相对适合。

第三章

他真的好烦 /

林絮努力了小半个学期，终于在期末考试中考了年级第四十名，班级第八名。然而，年级前三十名才能坐进去的第一考场，依旧与她无缘。

整个寒假她都在愁眉苦脸中度过，爸爸妈妈却因为她考进了班级前十名而跟亲戚同事炫耀吹嘘起来。

原来，她也会这么不知足。

一整个假期的时间，她几乎没再去书店偷偷摸摸地看过言情小说了，曾经让她沉迷的电视剧也忽然变得不再能吸引她。她迷恋上了看书和做题，好像枯燥的黑白铅字上能开出一朵花。

她总是会在看每一页书，做每一道题目的时候想起他。因为总是会想起他，所以学习这件事变得没那么让她感到厌烦和抗拒了。

她为什么会忽然变成这样呢？是因为喜欢他吗？

为什么还不开学呢？她已经好久没看见过他了。

初一下学期开学，林絮发现自己在上学放学的路上，经常能看到叶风骑车而过的身影。学校发了文件，说外环路的大型车辆太多，安全起见，不允许学生再在外环路骑自行车上下学。

她算准了每天出门的时间，只要比以前早五分钟，就能常常碰见他。为了一个一闪而过的背影，她需要每天掐着表穿衣服穿鞋。可仅仅是这么一个背影而已，却能带给她一整天的动力和好心情。

日复一日的上课下课，上学放学，只有他是新鲜的，于是每一天也变成了新鲜的。

让她没有想到的是，初一下学期的期中考试换了场地，从教学楼移到了实验楼。实验楼是清一色的大教室，第一考场的容量从三十人扩充到了六十人。

六十人的大教室，她抱着坐垫和水杯和堵在考场门口的人群一起，默默地等待着监考老师来开门。

周围的同学们三两闲聊，她独自一人站在墙角的位置，忽然远远地看见了叶风。

女厕所对面的窗台前，他正在和林絮班考第一名的徐佳琦兴致勃勃地讨论着什么问题。

她从没见过每天面无表情的徐佳琦也能笑得那样灿烂开心。

果然，人人都很喜欢他。他拥有这样好看的相貌、优秀的成绩和讨喜的性格，这样的他，怎么可能会有人不喜欢。

可她却什么都没有，连一样能拿得出手的东西都没有。

人群之中，她只想把自己隐形，连大大方方地和他对视一眼都做不到，遑论像其他女生一样，自然热情地和他打招呼、聊天和讨论问题。

她突然有些难过，懊恼自己为什么不再努力一点，为什么自己只考了年级第四十名，而不是年级第二名第三名。

这样的话，她大概就能拥有些许的底气，也能坦坦荡荡、堂堂正正地去找他随便讨论个什么问题。

就像各个方面都平平无奇唯独学习成绩拔尖的徐佳琦一样。

开考前五分钟，监考老师才匆匆赶到，打开了教室门锁。在她表示自己迟到了来不及贴考号，大家只能随便坐之后，六十人的大教室乱成了一锅粥。

林絮感觉到自己完全是被汹涌的人群挤到一个靠窗的座位上的。不过没关系，坐哪里都一样。她随遇而安地把坐垫在椅子上放好，低头去书包里慢吞吞地掏文具，突然瞥见右侧邻座上扔着的书包让她有一点眼熟。

很像……叶风的书包。

她的心倏地漏跳了一拍。

如果叶风真的坐在她旁边的话，那她岂不是被缘分之神毫无征兆地选作了幸运儿。

想到这儿，她的心跳忽然有点乱。

“同学，同学？”一个陌生的男生突然挥手在她面前晃了晃，“咱俩换个座呗，我想挨着我叶哥。”

他伸手指了指后排靠墙的座位：“我占的那个座可好了，特清净，跟我换个呗。”

她一下子把头摇成了拨浪鼓，委屈巴巴地望着男生，好像在说：“求你了，你能不能别跟我换？”

男生瞧见了她的反应，识趣地撇了撇嘴，示意没关系，却在转身离开的时候嘟囔了一句：“你们这些女生可真是，一看见叶风就走不动路。你会后悔的，我跟你说，挨着他坐一回你就知道他有多招人烦了。”

她还在回味男生的话，却在转头的瞬间，看到了朝座位走过来的叶风。还没等她考虑要不要打个招呼，少年已经兴冲冲地朝她挥起了手。

“嗨，林絮！你坐这儿啊，也太巧了吧？”

该怎么去形容叶风这个人呢。

每当林絮认真去思索这个问题时，脑海里最先浮现的，永远是他的那双眼睛。他的一双眼睛很亮，真诚热烈，总是闪烁着光，晃得她睁不开眼，让她下意识地目光躲闪。

他快要把她看穿了。

不知道为什么，林絮一瞧见他的那双眼睛，就会没底气地慌张起来，却忍不住回看。

那样清澈见底的眼睛，就好像他喜怒形于色的性格，是那样的直白热烈、自信坦荡。

跟她的个性是如此不一样。

“嗯。”她含笑点头，淡淡地回应他。

考试铃声响，监考老师开始发卷，宣布考试开始。发完卷后，老师嘱咐同学们在答题卡和试卷上写准自己的座位号和考号，然后走下了讲台，开始检查每个学生的座位号和考号有没有写错。

林絮没有想到，自己写一个座位号也会突然遭到监考老师的数落和批评。

“还真有脑子不好使的。”监考老师走到她身侧，看到了她错的座位号时，脸色变了变。

“都说几遍了座位号按上次考试的排名写，听不懂话吗？非给我写错。”监考老师厉声批评她道。

寂静无声的教室里忽然一阵骚动，考生们纷纷抬头，好奇地看向了这个脑子不好使的女生。

窘迫在一瞬间猛然袭来，林絮忽然觉得自己的脸颊被周围投来的视线烤得滚烫。

她的确像老师说的一样，脑子不好使，就算侥幸被分进了第一考场，也一样是个连座位号都会写错的笨蛋。

笨蛋露出马脚，被批评指责，似乎是一件十分理所当然的事情。可此刻却不一样。

此刻，她喜欢的男孩子，她不想让自己在他心里留下哪怕一点不好印象的男孩子，就坐在她旁边的座位上。

她越想越觉得丢脸，偷偷地抬眼去看叶风的反应。

似乎是注意到了她的目光，叶风忽然偏过头来，和她视线对上。她下意识地想回避眼神，突然很害怕看到他脸上的任何表情。

可还没等她来得及避开视线，叶风忽然冲她笑了一下。

不但是冲她笑，叶风抬起头，冲监考老师也笑了一下。

“叶风你笑什么？”监考老师皱眉，困惑问道。

叶风抬手挠了挠后颈，笑嘻嘻地回答说：“老师您漏算一个，这儿还有一个脑子不好使的。”

他指了指自己说：“我也把座位号给写错了。”

监考老师被他给气笑了：“知道自己脑子不好使还这么乐呵呢？赶紧给我改了！不然没成绩！”

“改改改。”叶风讪讪道。

教室里，同学们的注意力早就从林絮身上转到了叶风身上。大家笑，林絮也跟着他们一起笑。

“二傻子。”林絮腹诽，眼眶却忽然热了热。因为他帮她解了围，她的心里生出了一阵暖意。

他好像真的是一个很好的男孩子。她想着，唇角又不自觉地弯了弯。

然而等考试开始之后，林絮却再也笑不出来了。

一门门考试考下来，她终于明白了来找她换座位的男生为什么会说出那样的话。

叶风他真的好烦啊。

“欸，林絮，戴手表了吗？几点了？”

“林絮，橡皮借我用用。”

“带纸巾了吗？借我用用。”

“带语文课本了吗？古诗词默写借我看看。”

林絮答题的时候，最受不了别人跟自己讲话。她只要一说话，答题思路就会被打乱。而且她本来写字就慢，遇上了一直喋喋不休问她时间跟她借东西的叶风，她越答越心慌。

而且这个叶风，还是个每门考试都至少提前半小时答完卷的主。

监考老师司空见惯，但还是会冷着脸过来敲一敲他的桌子：“叶风，你自己答完了就总去影响别人？”然后转过头对她说，“你答你的，不用搭理他。”

她不想搭理他的，却耐不住他顶着一张好看的脸笑呵呵地喊她的名字，让她每每想拒绝的时候都会心软。

当然，还有别的原因。

第一门语文考试结束后，监考老师走过来和叶风闲聊，忽然瞟了林絮一眼，问：“这姑娘以前没考进过第一考场吧？哪个班的啊？”

还没等林絮开口，叶风却抢先帮她回答了老师的问题。他说：“老师老师，她叫林絮，十班的。她作文写得特别好，全年级组都印发了，您肯定听说过她。”

第二门数学考试结束后，几个和他同班的学霸纷纷跑过来找他对答案。他会在他们对完答案闲聊的时候忽然和他们说：“给你们介绍一下啊，这是十班的林絮，就是作文写得特别好的那个林絮。”

最后一门地理考试开始前，她低着头临时抱佛脚翻看课本，他会忽然凑过来，翻着她的课本问：“你在复习哪章？我告诉你哪些是重点。你别看这页了。看这个，这个肯定会考。”

他凑过来的时候，总是会无意识地把脸贴得离她很近，让她脸颊发烫。

第一考场有这么多成绩优秀并且跟他关系要好的同学，他却偏偏喜欢来找她。

而每当一科考完，她装模作样地从书包里掏出课本和笔记认真地复习的时候，都拼命期待着不要有人缠着他闲聊和对答案。

她无时不刻不在等他过来找自己。

等到下一科开考的时候，他依旧会问她时间、跟她借东西，她依旧不厌其烦地告诉他时间，把文具借给他。

两天就这样过去了。

有点烦，又有点开心。她背着书包走在放学回家的路上，嘴角的弧度止不住地上扬。盛夏微凉的晚风吹乱了她的头发，也吹乱了她的心。

她喜欢他吗?

她从没见过这么不安分的男孩子，整天笑嘻嘻的，话多自恋又能折腾。他自己折腾还不够，她只是不小心坐在他身边的座位上考了两天的试，平淡寻常的生活却因为他的介入而变得喧哗热闹了许多。

他就像一个突如其来的闯入者，打乱了她的世界，用自己的节奏破坏着她的世界里固有的秩序和平衡。可她却好像并不讨厌这种被打乱的感觉，反而有些迷恋。

少女心思绕成了乱麻，一个念头却在她的脑海中越来越清晰。

突然好想考第一名。

突然，好想离他更近一点。

第四章

让她快乐的魔力 /

林絮不知道自己这半个学期是怎么过来的。她只知道，她用了最笨的方法去努力学习。

课间操自由活动的时候，她会大大方方地独自一人站在班级队伍的最后排背英语单词，哪怕周围的人看到她这种“变态行为”时都会对她指指点点，她也变得没那么在意了。

她甚至可以在同桌男生故意把破了角的卷子丢给她时，大气地接过来冲他笑笑，然后拿起笔继续把头埋进试卷里。

不知道为什么，她不再像以前那么容易不开心了。

或许是因为她被数学老师点名去黑板上做某道难题，竟然顺利地解出来了。在老师的夸奖和同学的唏嘘声中，窗外大课间的音乐声猝不及防地响了起来。

是许嵩的《庐州月》。校广播站播音员叶风最喜欢放的一首歌。

或许是在班里的男生吼了句“我叶哥真牛”的时候，音乐声戛然而止，冒失的男孩在广播里没头没脑地跟正在上课的老师同学们道歉，然后无意间碰到了播放按钮，音乐声又响了起来，男孩在慌乱间去关按钮，却连按了好几下都没能顺利关掉。

她跟着班上的同学们一起笑了起来。

庐州的月光，正正好好地洒在了她的心上。

再次见到叶风，是初二上学期期中考试，她以上学期期末考试全班第一名，年级第二名的身份，坐在了他身后的座位上。

虽然她笃定他早就知道她上学期的期末成绩了，她还是暗暗好奇，不断地去猜测他见到自己的时候究竟会说些什么。

她端正地坐在课桌前，装模作样地去翻看语文课本上的古诗文翻译，一颗心却早已飘到了门口，雀跃无比地去迎接他的到来。

终于，她用余光瞥见了他从门外走进来的身影。她下意识把头埋得更低，强装镇静地去压了下自己有点乱的心跳。

“深藏不露啊，林同学。”叶风走到了座位上，把单肩包甩进桌箱里，刚坐下便转过头问她，“怎么样，考全班第一的感觉爽不爽？”

她笑起来，学着他的样子微微扬起了头，大言不惭地说：“特别爽。”

叶风撇撇嘴，拍了拍自己的椅子背，扬眉说：“这就知足了？坐我这儿可更爽。”

“那我再努努力，争取下次体验一下。”林絮笑着回应说。

大概是昨晚熬夜复习到凌晨的原因，林絮考第一科语文的时候，感觉自己整个人都迷迷糊糊的。

她一边写字一边打哈欠，眼睛不断往外冒着水光，强撑着告诉自己答完语文就赶快趴在桌子上睡一会儿。

两个小时的答题时间终于过去，铃声响起，监考老师宣布停笔收卷。

“每排第一座的考生收答题卡！第二座的考生收答题纸！”老师高声喊道。

叶风起身收她的答题卡时，她的作文还差半句话没来得及写。她匆匆地把答题卡递给了叶风，然后笔速飞快地把作文收尾写完。

撂下笔后，身后的同学戳了戳她的背喊她收卷，于是她连忙拿起自己的试卷站了起来，转身去收后排同学的卷子。

等终于收完了卷子，走到讲台前交给了老师后，她注意到收完了答题卡的叶风正站在门口神采奕奕地和一个外班的男生讨论问题。

为什么他永远都这么有活力？好像从来不会感觉到累一样。

只睡了三四个小时，林絮眼皮打架，实在困得不行。她半眯着眼睛走回到座位上，刚趴下没一会儿，忽然听到叶风大声地喊她的名字。

“林絮！”

她怔怔地抬头，看到叶风正一脸哭笑不得地盯着她，手里拿着一张语文答题纸。

她猛然间意识到，自己刚刚好像忘记收叶风的卷子了。

“老实交代，你是不是故意的？”叶风被气笑了，带着无奈的笑意逗她问。

“对不起，对不起！”林絮一脸愧疚，想到监考老师早就走出了老远，连忙起身去拿他手里的卷子，“我现在就替你给老师送过去！”

“不用，我自己去就行。”

“你赶紧睡会儿吧！困成这样，下一科不想考了啊？”他说。

林絮心上猛地一软。

明明就是她做错了事，他却丝毫没有生气，不但没有指责她和对她发脾气，甚至还能注意到她很困，在她试图补救的时候，让她先睡觉。

林絮想着，忽然没了睡意，下意识地抬眼朝门口望了望。

叶风正好送完卷子从门口走了进来，视线和她对上时，唇角又扬起了笑意。

“你昨晚是熬通宵了吗？”他问。

林絮摇头。

“下一门不许再忘收我卷子了啊。”他故意凶巴巴地警告她道。

林絮笑着点了点头。

林絮没有想到，在剩下的每一门考试中，叶风都能这么不知疲倦地提醒她别忘记收自己卷子的这件事。

他总是提前半个多小时就能答完卷，答完卷子后，他哼哼歌转转笔，百无聊赖地四下张望一会儿后，便会把身子向后靠，后背紧贴着椅背，侧头小声嘱咐她说：“一会儿别忘收我卷子啊。”

林絮被题目弄得焦头烂额，闻言笔尖一颤，小声答应了句：“知道了。”

“叶风！”考物理时，监考老师适时捕捉到了他们之间的小动作，瞪着眼睛朝叶风喊道，“你干什么呢不好好检查？交头接耳说什么呢？”

林絮轻轻叹了口气，果然每次挨着他考试，她都总会受到连累，免不了被监考老师注意到。

“老师，上一科考完她忘收我卷子了，”叶风表情冤枉，解释说，“我这不是怕她再忘了，及时提醒提醒她嘛。”

“真的假的？”监考老师显然不相信说他的话。

“真的老师，不信你问她！”叶风说。

林絮无奈地摸了下额头，看到监考老师从讲台上走了下来。眼前的一道物理大题已经被她读了三遍了，她依旧找不到思路，忽然有点怀疑自己试卷上的题目是不是被印错了。

老师走到她的课桌前，却不是来找她问话的，而是抬手狠狠地敲了叶风的脑袋一下。

“就你能折腾，天天扰乱考场纪律，再不消停把卷子给你作废。”

叶风委屈巴巴，蔫蔫地趴在了桌上。

林絮忽然忍不住有点想笑，正好监考老师在她身边，她举了下手，问：“老师，试卷上这个题目我不知道是不是印错了，你可以帮我看看吗？”

老师闻言回头，看见了试卷上的物理题目皱了下眉：“我一个教语文的，也看不懂啊。”

林絮无奈咬了下唇，刚想说一句谢谢老师，忽然看见叶风忽然从桌上直起了身，转过来探着脑袋凑近，兴冲冲地问：“你说哪个题印错了？我答完了，我给你看看……”

他话还没说完，监考老师就按住了他的头，把他按回到了座位上。

于是他再次打蔫。

“别理他，题目你再自己好好看看，应该不会印错。”监考老师说完，转身走回了讲台。

林絮的视线从试卷的黑色铅字缓缓移动到了少年毛茸茸的后脑勺

上，唇角不自觉地弯了弯，心里忽然有一种说不上来的快乐。

他真的好吵啊。

闹哄哄的,哪里都有他,喜欢笑呵呵地管闲事,不守纪律总是爱捣乱。但他却拥有一种很神奇的魔力。

好像只要一靠近他，她就可以忘记所有让自己不开心的事情。

虽然，靠近他很难很难。

但她却越来越确定，她真的很想靠近他。

很想很想，一直和他待在一起。

第五章

他又来找你了 /

那次考试之后，叶风常常会来十班找林絮，跟她借英语笔记或者作文课上写的作文，顺便问她昨天数学随堂考的最后一题有没有做出来，今天的地理小测错了几道题，等等。

林絮觉得，叶风这么强烈地想了解她的学习近况，是因为对她的能力产生了某些误解。他好像错误地把她当成了自己的竞争对手，当成了一头跃跃欲试想要抢占他第一名宝座的野兽。

其实她哪有这个能耐。她这么努力，每分每秒都在学习，牢牢地守着班级第一名的位置，不过是为了成为一个能跟他坐在一起考试的配得上他的朋友而已。

可惜这个被虚荣心遮蔽了双眼的叶风，他怎么会懂呢？

曾经的第一名徐佳琦两次考试都发挥失常，掉出了年级前十，如今的林絮渐渐成了老师们的新宠，最喜欢表扬的对象。

班里最后排的男生再也不会问出“林絮是谁啊？真的是我们班的吗”这样的话了。同桌男生也开始对她客气起来。上进的女生们主动来邀请她一起去课间操，抱着习题集来跟她请教问题。坐在门口第一排的同学会经常在课间的时候回过头大声喊："林絮，叶风又来找你了！"

叶风又来找你了。

她会故作镇定地在班上女生们流露出羡慕又八卦的表情时走到门口，会尴尬地被叶风追着问"你没事吧，脸怎么这么红啊"，也会在心里偷偷咬碎一颗蜜糖，甜得开了花。

虽然，他来找她，总是逃不出跟自己聊学习。但是，等日子更久一点，等他们再熟一点，等她变得再优秀一点，或许，他们就能开始聊些别的。

她偷偷地剪了当时最流行的齐刘海，学会了涂防晒霜和唇膏，不再拒绝穿妈妈给自己买的娃娃领小裙子。

她在心底默默地问他，这些变化，叶风，你注意到过吗？

林絮觉得，班级第一名的成绩变成了她美丽的画皮，将她的狼狈、胆怯和不安紧紧地包裹住，深深地隐藏了起来。

只要她紧紧地裹住这张皮，只要她紧紧裹住，就再不会被别人看穿，再不会被别人轻视。

随着她考第一名的次数越来越多，爸爸妈妈吵架的次数也变得越来越少了。每当爸爸喝多了准备撒酒疯的时候，妈妈就会骂一句"你消停点，别影响小絮学习"，爸爸竟然真的噤了声，一边嘟囔着"我女儿出息了"，一边乖乖地爬到床上睡觉。

妈妈也很少再对她说出那句"还不都是因为你"了。

包括那些曾经对她冷眼相待、满嘴都是挖苦的叔叔婶婶，如今也会把他们自己的孩子推搡到她的身边，堆着笑脸说："快去问问小絮，看看人家是怎么学习的。”

连父母的爱都不是无条件的，遑论别人。

她望着妈妈久违的笑脸，有时候觉得自己很幸运，有时候觉得自己其实很可悲。

取悦。

即便这些汹涌而来的亲近和友善，是随着她变得更优秀自然而然生发出来的，她依旧觉得这些东西不过是镜花水月一场，是她抓不住的。

那么，叶风呢？

她一直努力地扮演着一个不像她的角色——一个配得上他的朋友。如果有一天她的这张画皮被扯去了，露出她赤裸的真身，到那个时候，他还会理她吗？

喜欢上一个人，是这样复杂而艰难的一件事。

可她却不愿意放手。

原来，喜欢上一个人，可以把人变得这样贪心。

初三很快就来了。

每次大考小考的分数和排名，伴随着叶风来找她的频率和次数，成了牵动她情绪变化的提线。哪怕整天埋头于作业和试卷，像个麻木的、没有知觉的木偶，却还是有能操纵她的人和事。

最近牵动她神经最强烈的一件事，是市里的实验中学对周边县城放宽了招生政策，允许每个县中考成绩在 800 分以上的学生来本校读书。

市实验中学，大家都叫它市实验，培养高才生的摇篮，不像县里的一高二高，几十年才能出一个北大生。

哪个小县城的尖子生不想去教学资源更胜一筹的市实验呢？

她看了看最近一次月考的排名，依然是年级第二名，却只有780分。而在她名字上方，叶风的成绩是827分。

太过明显的成绩断层，之前她倒没觉得有什么。

可是，叶风，他一定会去市实验吧？

一条扩招政策定的分数线，仿佛一道断崖，将她与他之间硬生生地隔断。

如果她到了高中就再也见不到叶风了，会怎样？

如果他去了市实验，那里有那么多优秀的人，万一他喜欢上别的女生了怎么办？

如果他考上了清北，走得越来越快，她再也追不上他了怎么办？

她要考市实验。

即便她在班主任摆到明面上跟她说这条政策就是给叶风准备的，让她别给自己太大压力的时候，乖巧听话地点了头。即便她在班级同学们问起她“你想不想考市实验”时，一脸谦虚地摇着头说自己的实力不够。

只有她自己知道，被她藏在心底的野心在明晃晃地发热发亮。

她要考市实验的。

第一只拦路虎是体育中考。她从小体质弱，体育成绩更是烂到不行，虽然混个及格分对她来说不太难，但她要考的可是市实验，怎么能在小小的体育上就把分数丢了一地不要了？

体育考试的时间定在四月份的最后两天。

开考前一周体育调课，九班、十班两个班一起，两节体育课连上。体育老师要求大家自由练习，哪项比较弱练哪项。

解散的哨声刚一发出，班里的女生们便三两成群地结伴去树荫下聊八卦了，男生们则抱着球直奔篮球场。

她愣在原地，看到叶风早就换好了浅蓝色球衣，呼朋引伴地招揽了好几个九班和十班的男生往篮球场走了。

他从来都不用担心体育成绩。

他在上个月的春季运动会上长跑得了年级组第一。

他和她是不一样的。

她暗自叹息，独自踱步到操场的塑胶跑道上，迈开双腿，一圈一圈地跑了起来。

她在跑步的时候总是呼吸急促，大脑缺氧放空，却唯独内心戏复杂异常。一圈又一圈，她的嗓子越来越干，鼻腔里面越来越疼，步子也越迈越小。

不要停，她默默告诉自己，林絮，跑不到4分零5秒你就去不了市实验，跑不到4分零5秒叶风就不会喜欢你！

4分零5秒，真的有这么重要吗？难道跑过了，她就能去市实验，就能让叶风喜欢上自己吗？可她竟然真的没有停步，跑满了整整两节课的时间。

下课铃一响，分散在各个角落的学生们纷纷往教学楼走，她吊着的一口气终于松了下来，双腿一软，瘫倒在鲜红色的塑胶跑道上。

一团火从脖颈烧到脸颊，一股血从喉咙渗进口腔，额头上的青筋还在猛烈跳动，汗珠从额角顺着侧颈流下来，将她T恤衫的领口打湿，黏糊糊地贴在了皮肤上。

她下意识地用手去抹，却突然看到一包纸巾递到了她的面前。

“除了我姐，我还真没看过哪个女生能连着跑两节课都不停一下的。”叶风撇着嘴，一边揪着球衣的领子抖衣服上的汗水，一边念念有词，“你够狠啊，为了考市实验这么拼命？”

“我没有……”她接过纸巾，脸颊烫得发胀，“我没想考市实验。”

“得了吧，我不信你长跑及不了格，你这架势分明是想拿满分。”

她垂下头擦汗，没再辩驳。

“想考市实验又不丢脸，有什么不敢承认的？我也想考，而且我希望，咱俩能一起去。”

少年眨眨眼睛笑了起来，干净清澈的眉眼晃了她一个愣神。

“为什么想跟我一起去？”她问。

“因为目前看来只有你有这个能力啊，而且我相信你。”

果然，这个家伙的脑子里永远都只有分数和能力。

她腹诽，然而心上的小人却牵着裙角转起圈来，雀跃非常。

“你刚刚说，你姐？”

“对，我表姐。她特别变态，比咱们高一届，初中在隔壁一中念的。去年她就因为中考考了全县第一，比全市第一还高了4分，被市实验破格录取了。”

“你姐是……叶潇吗？”她突然想起来自己初二的时候听过的八卦，说上届的中考第一名是个校花级的美女，长得特别像某位电影女明星，还全心全意搞学习。

“你认识她？”叶风眼睛一亮。

“没，就是听说过。”她笑了笑，“她跟你一样，很有名。”

叶风撇起了嘴。

“得了吧，我哪敢跟她比。你不知道，我家里人把她捧得啊，跟什么似的。他们说我整天就知道玩，一点也没个正形。我玩怎么了？没耽误学习吧？非得跟她一样当个书呆子？欸，你笑什么啊？”

“没有，”林絮抿了抿唇，“就是没想到，你也会被家里人挤对。”

少年无奈摇头：“所以说啊，人比人气死人。”

夏日的午后阳光炽烈，透过云缝暖烘烘地照在身上，映射出他们两个人悠长的影子。

她偏头看向他，弯着眼睛缓缓开口。

她说：“叶风，我们一起去市实验吧。”

我们一起去。

两天的体育考试都很顺利，然而让林絮差点认栽的是最后一个项目——立定跳远。

她也不知道自己到底是怎么了，每个人有三次机会，以最远的一次成绩计分，她连跳了两次，竟然都没有及格。重新站回踏板上的时候，她感觉自己的腿都要软了，双手起势的动作做了好几遍，她却无论如何也不敢起跳。

体育老师催促的哨子声响起，围观同学们的取笑或鼓励一句句地钻进她的耳朵里，让她的心越来越乱。

有跟她关系好的女生在一旁喊：“林絮加油！”

有班上的男生在兴致勃勃地看热闹，交头接耳指着她笑。

也有不知道是哪个班的同学语气嘲讽地说：“哟，学霸连跳个远都跳不过，学习学傻了吧！”

直到人群中，一个熟悉的声音，穿透人群的嘈杂声，稳稳当当地落到她的心上。

“林絮，你还想不想去市实验了？”

她顺着声音传来的方向，怔怔着望向他。

四下的人群也纷纷看向了他。

这样见不得人的野心，被他明晃晃地摆在明面上说了出来。或许是因为他质问的语气太过直接坦荡，反倒让她少了几分尴尬，多了几分勇气。

“别怕，自信点儿，赶紧跳。”

少年单手抱着篮球站在不远处，笑容温和，眼神温柔。

心中的火苗仿佛噌地被点燃，她忽然就不害怕了。

深呼吸，起势，起跳，落地。

当她摔进沙坑里，听到一旁体育老师高喊“1 米 7，及格”的时候，她悬在心中的一块大石终于落地。

她爬起来，探着头在人群里寻找他的身影。遥遥地，她看见他朝自己笑了笑，而后胳膊搭上了身边男生的肩膀说：“走吧，打球去。”

他穿浅蓝色球衣的颀长背影，慢慢地淡出她的视线。

林絮曾经并不知道自己最喜欢的颜色是什么。

她没有特别喜欢的颜色，也没有特别喜欢的东西和人。

然而那天之后，她总是会在别人问起的时候说，她最喜欢的颜色，是淡蓝色。

那是她在简陋乏味、沉重压抑的学生时代里见到过的，最干净明澈、最亮眼轻快的一种颜色。

那是她喜欢的人，最喜欢穿的颜色。

第六章
你为什么不理我 /

可惜世事并不能尽如人所愿。很多事情即便尽力了，也未必最终会水到渠成。

中考后的一整个暑假，林絮没再见到过叶风。

她觉得老天爷跟她开了一个天大的玩笑，仅仅是针对她。老天爷就从来不轻易跟叶风开玩笑。那个家伙，仿佛是上天选中的宠儿——他一生下来就是要享尽荣耀和宠爱的。

叶风不出意外地在中考中拿了全县第一名，顺利被市实验录取。她却发挥失常，总成绩 742 分，全县排名第 66 名。

“你们家小絮，不是在学校一直考年级第二吗？怎么中考成绩还没我女儿的高啊？”

“我儿子发挥超常，平时考试从来没考进过年级前二十名。结果中考考了 749 分，可把他给乐坏了。你们家小絮是不是也考了 740 多分啊，她准备去一高还是二高啊，没准能跟我儿子成同学呢！”

妈妈赔着笑脸跟邻居和同事们解释，说“我们家小絮考理化的时候身体有点不舒服，才发挥成这样的”，平日里狗腿的叔叔阿姨们如今却是一脸的嗤笑和不屑，仿佛在说："考成什么样啊？什么样不都是你们家孩子自己考出来的吗？"

没有人会听她解释。

当那张华丽光鲜的画皮被连着血肉扯下，丢掉了遮羞布露出原形的她，就该承受千夫所指。

看吧，她果然不行。

她会在某个瞬间陷入恍惚，考试第二天随机分配正好被安排在恒温冷风对面的座位，吃过药也没避开的提前登门的大姨妈，疼到快要晕厥的她提出换座位的请求时遭到来自监考老师的冷眼和拒绝。

这些倒霉因素和她自己，到底哪个才是杀死她中考成绩的凶手？

叶风 834 分的总成绩像是他手里高举的照妖镜，明亮刺眼，照得她无处遁形。

上周，妈妈拉着她参观了好几个预习高中课程的辅导班。在名气最大的一家辅导班的报名名单上，她看到了龙飞凤舞的"叶风"两个大字。差一点，差一点她就把名字填上去了，却在愣了半晌后咬了咬嘴唇，拽起妈妈的袖子说，还是换一家吧。

"名气大也不一定教得好，咱们还是换一家吧。"

想见你，却不知道该怎么面对你。

也许以后，我们再也不会见面了吧。

你看，我努力了这么久，却还是没有资格跟你去同一个地方。

"到底想不想去，你自己说。"妈妈的语气是惯有的强硬和冰冷。

如果说中考发挥失利是老天爷跟林絮开的一个玩笑，那么市实验降分扩招借读生的政策，或许是老天爷嬉皮笑脸的另一场恶作剧。

“你让她说？”爸爸坐在一旁冷笑，“她一个小孩知道什么？我说不去就不去，你哪儿来的那么多钱交借读费？再说在哪儿念不是念，这么点破分去市实验，去了也是丢人现眼！”

“闭嘴吧你！你少给我去赌几次，什么钱不都有了？”妈妈指着爸爸的鼻子破口大骂，又把冷冽的目光转向了她，“自己心里想不想去，不知道吗？”

林絮眼泪汪汪地摇头：“不知道。”

“算了，我决定了，去市实验借读，我掏钱。”妈妈说。

“行，钱你掏，我不管。”爸爸气红了眼。

“不用你管！”

当爸爸妈妈终于关了灯睡去，她独自坐在房间里，想到妈妈的决定，某一瞬间，忽然有一点庆幸。

当爸爸妈妈喋喋不休地争吵着市实验的教学水平如何如何的时候，她的大脑一片糨糊，唯一浮现得清楚的只有一个人的名字。

叶风。

她很想他。

她想和他在同一所学校，哪怕她不再有资格做他的朋友，哪怕她未来三年只能在他看不见的角落里独自学习和生活。

她也还是希望能经常见到他。

她想不明白自己就这样草率地让爸妈背负起了高额的借读费，是不是仅仅因为她舍不得叶风。

如果真是这样，那她岂不是很没有良心？

她把背靠在冰冷的墙壁上，认真地思考了很久很久。

直到她抱着膝盖合上眼睡去，再不知不觉地醒过来，她依旧没有拦着妈妈去提交市实验自费生的借读申请。

虽然，她并没有想明白其中的原因。

或许是因为叶风，或许是因为不甘心。

又或许是因为，她对自己所有的期许和不甘心，本就通通来源于叶风。

那个明明离她那样遥远，却偏偏给了她太多勇气和力量的，叶风同学。

高一刚开学，相较于对实验中学这所市重点高中产生的新鲜感，林絮的注意力更集中在两件事上——找叶风，躲叶风。

中午，她端着餐盘在人声嘈杂的食堂里踱步，想找个不起眼的地方坐下，顺便找找他的身影，远远地看一看。

开学两天了，她仍旧没能在班上找到一个可以一起上厕所一起吃饭的“好朋友”。他们班不是一班那样网罗了中考成绩全市前 30 名的重点班，可班级同学的平均实力仍然不容小觑。而且他们班只有两个自费的借读生——另一个还没来报到。

借读生，想到这里，她不禁苦笑起来。或许就是因为这个碍眼的身份和高价的学费，才让她成了班上同学们眼中不光彩的、没实力的、纯靠家里砸钱才能来这里跟他们享受同等教学资源的异类。所以，哪怕她十分亲切地跟前座的两个女生打招呼聊天，她们却依然不愿意和她结伴而行。

高一新生提前一周开学，食堂里吃饭的人并不多。她在大厅中央徘徊了许久，依旧没有找到一个单独吃饭的女生，可以让她坐在对面彼此搭个伴。

自己吃饭有什么好尴尬的？她不是没独来独往过，却在此时此刻变得敏感矫情起来，觉得自己跟食堂里三五成桌的聊得热火朝天的他们，是完全不一样的。

她来到了一个本不应该属于她的地方。

一个凭她的能力不配来到的地方。

她暗自叹息，绕过了食堂门口，把餐盘放在卖零食的小窗口附近的一张桌子上，然后去窗口买了瓶矿泉水。

她以为遇不到叶风了，却在付完账抬起头的瞬间，看见了不远处座位上正低头吃饭的他。

他不知道什么时候来的，竟然也在一个人吃饭。

一个人吃饭的他依旧可以把饭吃得开心热闹，让人看不出任何的孤单心酸。

灯光幽暗的食堂里，陌生的人影重重叠叠，在她的视线里模糊失真。只有他的身影是那样熟悉明亮，明亮到能穿透她的眼睛，印刻在她的心里。

叶风不经意抬了下眸，猝不及防地跟她的视线对上。

他的脸上有一瞬的惊讶，随即露出了惊喜的表情，兴奋地朝她的方向挥了挥手。

时隔一个暑假，在这样的地点以这样的身份再次见到他，林絮心里有说不出的滋味——好开心，却也好难过。

她匆忙把眼神避开，又下意识地用视线扫了扫自己的周围和身后。

果然，身后的两个女生正兴高采烈地朝他挥手。

原来他并不是在跟自己打招呼。或者说，他并不是在特意跟自己打招呼。

她抿了抿唇，回到自己占好的位置上低头吃饭。眼前一个餐盘却突然落到了桌子对面。

“刚刚跟你打招呼你怎么不理我啊？”少年站在对面大声地质问她，理直气壮。

她愣愣看着突然出现在她眼前的他，一时无言。

“对不起，我以为你不是在跟我打招呼。”她缓慢地抬起头，冲他淡淡地笑了笑。

“你可真行。”他撇嘴嘟囔道。

要说点什么吧？她想着，应该主动解释一下自己为什么出现在这里，虽然他肯定已经猜到或者听说了。

“真没想到你能来。之前我以为你来不了了，还特别替你可惜来着。反正，你来了就好。”叶风抢先开了口。

她依旧笑笑，却嘴角苦涩，没再说什么。

“我能问你个问题吗？”他扒了两口饭，突然拧起眉头，语气认真，

“你中考是怎么考那么点儿分的？”

虽然早就猜到他会问，她仍旧没有料到他竟然会问得这样直白，转念一想，他不是一直都是这样吗？

直白坦荡，想说什么就会直接开口去说，这才是叶风。

“我考试第二天……身体有点不舒服。”林絮努力扯出一个笑来，觉得自己的理由真实却勉强，又补了一句，“你会不会觉得，我在找借口？”

什么理由又有什么重要的呢？不管我说什么，叶风，你肯定也会和他们一样，觉得我是在找一些无聊的借口吧。

“当然不会。”对面的少年看着她的眼睛，语气诚恳，“你中考那个成绩明显没发挥出正常水平啊。”

他挑了挑眉，笑着鼓励她道：“别灰心，等再考试的时候把他们杀得片甲不留，让他们也知道知道咱们年级第二的厉害。”

一种异样的感觉从心底升腾起来，让她说不清道不明。

你知道吗，叶风？

连我自己都相信了。

连我自己都相信，那张华丽的画皮不过是我误穿的外衣，或许我就是个只会死学其实并没有什么真正实力的笨蛋，所以才会在大型考试的时候一下子露出了马脚。

你却不相信。

你却依然记得我是年级第二名。

“欸，”他伸手在她面前晃了晃，“想什么呢？”

“没，”她笑了，“谢谢你。”

“没事儿。”他挠了挠头，突然想起来什么，“对了，你带手机没？”

“学校不是规定不让带手机吗？”她疑惑。

“学校是不让带啊。”少年狡黠一笑，挑了挑眉，继续问，“所以，你到底带没带？”

“……带了。”

叶风大笑起来，仿佛看见她这样的乖乖女也会违反校规是件多么大快人心的事情一样。

“手机给我。”他说。

林絮拗不过叶风，做贼似的从书包夹层里把手机掏了出来，然后四下打量了一圈，小心翼翼地把手伸到桌底，示意叶风接过去。

他接过手机，旁若无人地把胳膊杵在桌子上，噼里啪啦地敲起按键来。

“好了。”他把手机递还给她，“我的电话号码给你存上了，刚刚回拨了一下，你的号码我等会儿也存上。”

分别前，他嘱咐道：“以后常联系啊。”

那天晚上，林絮洗漱后爬上床，趴在被窝里掏出手机，把亮起来的橙色屏幕抵在胸口，不自觉地傻笑起来。

仿佛小小的屏幕里面藏着什么情节精彩的小说。

其实所有精彩的情节都只有两个字而已。

只是一个人的名字而已。

却让她的心扑通扑通跳个不停。

即便屏幕冰凉，她也不舍得把它从胸口拿开。

这一瞬间，她好像忘记了所有的挫败、狼狈和心酸。

她只知道，即便命运捉弄和苛待她，她和他也并没有走散。

第七章

没有人会再相信她 /

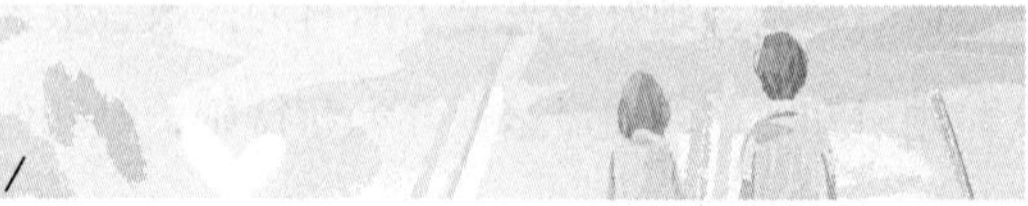

开学以来，林絮的新学期生活进行得还算顺利，除了经常因为听物理课像听天书而愁眉不展，或者因为生物老师在课堂上连珠炮似的提问抽查而被折磨得战战兢兢。

她找到了一个可以一起去上课间操一起去吃饭的好朋友——她的同桌，何渺。何渺跟她是三班仅有的两个借读生。因为户籍在本市，所以中考成绩仅有 690 分的何渺，被爸妈花高额的借读费硬塞进了实验中学。而这个贪玩不爱读书的富二代本人，似乎并不是很乐意被爸妈安排进这个学校。

何渺喜欢在上课的时候摆弄她桌箱里的那些瓶瓶罐罐，喜欢在自习课的时候涂一涂指甲油或者刷个睫毛，更喜欢在寝室熄灯后拉着几个室友扯校园里的八卦到后半夜……林絮倒没觉得何渺的这些举动是破罐子破摔，每个人有每个人的活法，她们不是一类人罢了。

可不知道为什么，何渺却异常执着地把她跟自己归为了同类，异常执着地想要跟她成为形影不离的最好的朋友。

何渺很喜欢跟她说“咱们怎么怎么样”。

“咱们跟他们不一样，他们一个个的都是高分考上来的学霸，打心眼儿里瞧不上咱们这种花钱来的借读生。”

以至于当何渺发现这个跟自己是同类的同桌竟然连下课时间都在做题的时候，惊讶得大呼小叫道：“你这么好学，中考怎么没正常考到这儿而来，还得掏钱借读？”

自尊和骄傲让林絮的心中泛起不悦，谁跟你是咱们？

可她却需要一个朋友。

无论从哪个角度看，何渺都是最合适的人选。或许是因为在班里只有何渺跟她是借读生，或许是因为何渺刚见到她就热情地把自己带来的饮料零食分给她吃，又或许是因为何渺会主动叫她一起上厕所，会在中午去食堂吃饭的时候亲昵地挽上她的胳膊，在她耳畔叽叽喳喳地说个不停。

更何况，这个主动跟她做朋友的人，还是她的同桌和室友。如果她有一天拒绝或者疏远何渺，不再跟她结伴去做各种大大小小的事情，那么日复一日朝夕相处起来，岂不是很尴尬？

她在被何渺挽着去做课间操的时候视线扫过班上那些三五成群有说有笑的女生，心里突然生发了一阵感慨。

谁又敢说谁跟谁是一拍即合真正投缘的“好朋友”呢？

大家不过都是结个伴同行罢了。

反正她是来学习的，交朋友什么的，随缘就好。

“欸，絮絮，你之前说你初中是F县读的？那你是不是之前就认识叶风啊？”

课间操的自由活动时间，何渺一边向一班的队伍费力地张望，一边心不在焉地开口问她。

“嗯，认识。他以前是我们隔壁班的。”

“他初中时候就这么招风吧？”何渺眨眨眼睛，“我刚开学的时候听说一班考第二的男生长得特好看，我还不信，想着书呆子能帅到哪儿去？结果有天无意间看到了，我太惊讶了，长得是真好看，咱年级那几个长得还行的体育生都比不过他。你说，长这么好看学习还这么好，老天爷也太不公平了吧？”

是啊，老天爷本来就不公平。

“他有喜欢的女生吗？”何渺好奇地问。

“没有吧。”

“太好了。”何渺盯着她，“那你喜欢他吗？”

林絮心头一紧：“不……不喜欢。”

她心虚，又补了一句：“他不是我喜欢的类型。”

“那你帮我追他，怎么样？”

“啊？”她差点被自己的口水呛到。

“我开玩笑的。”何渺意味深长地笑了，语气酸酸的，“我哪敢追人家啊？人家条件那么好，不可能看得上咱们这种女生的。你听说一班的夏茉了吗？夏茉跟我一个初中，当时就是我们学校的校花，长得好看成绩还好，中考考了全市第四。要说放眼咱们整个年级，能跟叶风称得上般配的，也就是夏茉。可惜夏茉有喜欢的人了，其实你早晚就能知道，中考全市第一，鹿鸣。鹿鸣长得斯斯文文的，倒也还行，虽然跟叶风比还差点，但人家青梅竹马，从小一起长大的，据说夏茉特别黏他。”

何渺说，叶风是不可能看得上“咱们这种女生”的。

林絮习惯了何渺跟她“咱们”来“咱们”去，可这样连珠炮般的八卦科普，依旧像绵密的针一样扎到了她的心上。

她再一次深切地意识到，她是配不上叶风的。

至少，现在还配不上。

开学两个多月以来，林絮一直在心里吊着一口气。叶风那句“再考试的时候杀得他们片甲不留”，会在无数个她读不懂物理题目的晚自习回响在她的耳畔。有些事，似乎她越是想拼命证明，越是有心无力。比如物理。练习册摊开在桌面上，选择填空，大题小题的题干被她用自动铅笔勾勾画画，却依旧一个答案也算不出来，一个步骤也写不上去。

物理老师坐在讲台上被前去请教问题的同学们团团围住，她在低头画圈的间隙抬头眺望，想着什么时候讲台上的人少些了，自己也过去问一问。可是，几乎每一道题都不会做，她该从何问起呢？

跑 800 米都没让她这么无力过。

还有化学和生物。这两门似乎也跟初中学过的那些简单知识不太一样了。数理化这三门，她明明在开学前就已经跟着辅导班的老师预习过一遍课本了，为什么如今练习册上的题目她还是大部分都做不上。

为什么？

每晚四节自习课，与其说她是在埋头做题，不如说她是在埋头读题。化学方程式被她在草稿纸上配得乱七八糟，她的心思也缠绕得七扭八歪，会想到班上大部分同学可能初中的时候成绩比不上自己，为什么人家学起这些东西来却没她这么费力？会想起叶风说，等再考试的时候杀他们个片甲不留，让他们知道知道她这个年级第二名的厉害。

年级第二名，她这个绞尽脑汁仍然把物理练习册留了一片空白的笨蛋，真的曾经是年级第二名吗？

时间轴在每堂自习课上被按下了暂停键，每当下课铃声一响起，同学们一哄而散蜂拥而出，她的焦躁和不安也便如洪水猛兽般汹涌而来。

物理练习册上的一片空白，死死遮盖住了她通往自信和快乐的出口。

何渺却不会像她这样。哪怕何渺练习册上的空白跟她的一样，甚至比她的还要多，却依旧可以在下课铃响时像兔子一样蹿出座位，大叫着“絮絮我们去超市吧”或者“絮絮陪我去上个厕所”。

她心不在焉心事重重的样子总能被何渺敏锐地捕捉，然后，何渺会在得知她情绪低落的原因后，不屑地撇撇嘴说：“你至于吗？”

林絮，你至于吗？

可是何渺，你怎么会知道我至不至于呢？你又不是我。

和何渺之间第一次争吵的爆发，是期中考试成绩公布那天。

她考了年级第96名，班级第29名。40人的班级，她的成绩中等偏下。其实她的语文和英语成绩都非常高，英语成绩甚至排名全年级第一，可是没及格的物理和数学却如同两颗滚落的铅球，绑缚在她的双脚上，把她直直地拽了下去，让她跌落到绝望无底的深渊。

何渺去老师办公室拿了成绩单，在得知自己考了班级30名后，一路雀跃地小跑回教室，屁股刚沾上椅子就使劲儿摇醒了趴在桌子上睡觉的林絮，紧紧地攥着她的袖子说：“絮絮，絮絮，咱们去庆祝吧！”

所以，当何渺对上林絮铺满泪痕的一张小脸和黏到嘴上的鼻涕泡时，手上的动作和脸上的笑容同时僵住了。

“你去吧，我没考好，不去了。”林絮从桌箱抽出纸巾擦了擦脸上的鼻涕。

“你至于吗？”

何渺的嘴角抽了抽，开口道：“考年级前 100 还不满意，你想考多少名啊？咱们是借读生，还真拿自己当尖子生了？再说了，什么水平拿什么分，你哭个什么劲儿啊？有用吗？”

“我哭我自己的，跟你没关系！”林絮突然就硬气了，哑着嗓子冲她大声吼道。

“有病。”何渺把笔袋啪地一摔，掏出一支笔来，翻开练习册唰唰地写了起来，中性笔和纸面摩擦划出沙沙的轰鸣声。

林絮跟何渺一整天没再说话，晚饭的时候，何渺挽着前桌一对女生的胳膊去了食堂，走之前冲她使劲翻了个白眼，仿佛一种示威。

无聊。

林絮把满门心思都投注在了狼狈的物理试卷上，懒得理何渺又闹的哪一出。

叶风他，肯定知道她的成绩了吧。

听说他这次考了全年级第一。以前初中老师常说，等他们到了高中，尤其是像市实验这样高手如云的重点高中，排名下降是正常的。可叶风却依然轻而易举地拿了第一。

他肯定会兴冲冲地拿着排名大榜好奇地去找她的名字吧。当他看到她的名字出现在百名榜吊车尾位置的时候，他会怎么想呢？

她的脑海中浮现出了叶风在看到她的成绩时可能会有的反应。他一定会觉得原来她也不过如此，没什么实力和本事。他不会再愿意理她，而是会去和那些真正和他实力相当、有共同话题的人做朋友。

一次，两次。

谁还会再相信她？

没有人会再相信她了，包括叶风在内。

第八章

其实你不用管我的 /

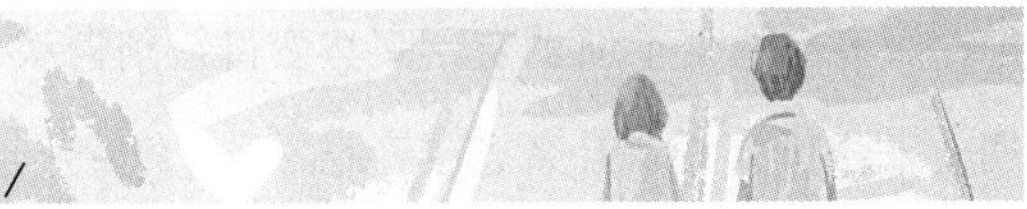

冷战的第二天，何渺就迅速找到了可以容纳自己的小团体，交到了新朋友。何渺这个人，每天顶着一张热情的笑脸能哄得老师同学都开心，这么会做人的一个人，怎么可能交不到朋友？既然如此，当初她又何必执着地非要跟自己做朋友呢？

道不同不相为谋。硬生生强求来的友谊，果然也逃不掉最终夭折的命运。

林絮苦笑，自此恢复了“独行侠”的身份，却并不想跟何渺交恶。尽管一直以来，她都打心眼里并不喜欢何渺这个人。

何渺却似乎还憋着气，在大事小事上针对她，和她较劲。

她已经不止一次在上厕所回班的时候发现自己摆在桌上的课本和笔袋被踩了脚印丢在地上了。

这周刚好轮到她跟何渺坐最后一排，又恰好是在角落的位置。她看到自己的东西被丢在地上，第一个反应是问何渺：“你看到谁把我东西碰掉了吗？”

“没看到。”何渺正在刷指甲油，头也没抬。

她又问了问隔壁座位的两个男生，依旧没得到答案。

何渺自从交了新朋友，突然变得特别喜欢呼朋引伴，招呼自己的好朋友来座位上看八卦杂志或者吃零食。女生开起玩笑来免不了推搡打闹，吃个零食你争我抢，何渺手里一盒开盖的酸奶直直地洒到了林絮穿着的校服上。

“哎呀，对不起啊。”何渺大叫一声，嘴边却溢着得意的笑。

“你到底想怎么样？”林絮猛地起身，大声问道。

“我不是都道歉了吗？”教室里，同学们的目光纷纷转向他们。何渺的眼神变得无辜起来，“干吗发这么大火？对不起啦，还生气的话校服我帮你洗。”

“那你洗吧。”林絮冷冷地说，把沾了酸奶的校服脱下来扔到了何渺的桌上。

“天啊，渺渺你的书沾上酸奶了！”何渺的好朋友一把将校服揪起来，满眼怒火地瞪着林絮，“都是同学，你俩还是同桌，你至于这么咄咄逼人吗？人家说帮你洗校服是客气，你还真要脸敢答应！”

女生说着，把校服丢回到林絮的怀里，又亲切地拍了拍何渺的肩膀，安抚道：“别跟她一般见识。”

谁咄咄逼人，谁不要脸，又是谁不想和谁一般见识。

然而班上转过头看热闹的同学们顶着的一张张木讷冷漠的脸，让她深刻地意识到，大部分人还是会觉得是她委屈了何渺的。

谁叫她不善交际，每天只会学习，却连学习也没学成个什么样。

小学的时候，林絮记得班级委员最喜欢说的一句话就是：“谁不听我的话，我就给谁告老师！”

告老师，变成一种屡试不爽的威胁和恐吓。然而老师不是铁面无私的法官，心里的一杆秤究竟偏向谁，学生的心里又能有几分自信？

她一直觉得“告老师”是很蠢的行为，更没有想到，她会在自己已经身为一个高中生的时候，还会做出这种小孩子才干的蠢事。

原来“告老师”并不是什么自救的灵丹妙药，而不过是弱者无奈的妥协之选。

班主任办公室里，崔敏眉头紧皱，叹了口气问她：“你跟何渺到底发生什么矛盾了？何渺平时挺大大咧咧的小姑娘，怎么就非要跟你过不去？”

崔敏的口气让她很不舒服。好像在说，何渺这么大大咧咧的小姑娘，怎么不针对别人而非得针对你呢？肯定是你的问题。

“没什么矛盾，可能有点儿误会。”她吸了吸鼻子，语气冷淡。

“今天这个事儿吧，你也没有证据，咱们班也没监控，未必就是何渺干的，那小孩看着不像干得出这种事的人。你回去之后多注意，我私下调查调查，肯定给你个解释，行不行？”

“老师，我想换座位，还有换寝室，行吗？”

“你脑子里都想些什么呢？”崔敏不禁发笑，“换座位倒好说，寝室是你想换就能换的？我一会儿跟何渺谈谈。如果真是她干的，我绝不姑息。行了，你先回班吧。”

“您找她谈也没用，她不可能承认。”她小声嘟囔。

“你这孩子，那你想让我怎么办？直接把她给处分了？何渺也不是什么坏孩子。我跟她聊聊，把你俩的误会解开了不就行了？这事儿你也别在班上乱说，毕竟还没有证据。”

崔敏安慰性地拍了拍她的肩膀。

回教室的路上，林絮笃定，崔敏是不会帮她解决问题的，甚至可能会把局面搞得更糟。

何渺已经被崔敏叫去办公室谈话了，她坐在座位上翻开了《数学王后雄》，把一道函数题翻来覆去读了好几遍。她不知道为什么高中的数学和物理都这么难，为什么何渺非得挑事欺负她，为什么崔敏的话明里暗里全是对何渺的偏袒。

《数学王后雄》被她啪地合上。她抽出演算纸和英语课本，开始在演算纸上机械地抄英语单词。

崔敏会怎么解决问题？何渺回来之后会不会跟她大吵大闹？

何渺红着眼圈回到座位上的时候已经下课了。林絮仍然在装模作样地低头背单词，用余光偷偷瞟了何渺一眼。

她不知道自己为什么会突然心虚，明明她自己才是受害者。

“渺渺，你没事儿吧？”

“班主任找你什么事儿啊，你别哭啊。”

何渺的几个小姐妹刚下课就围了过来嘘寒问暖，林絮依旧没抬头，直到旁边的一个女生扯了扯她的袖子。

“林絮，你带纸巾没？”

她从桌箱里拿出了一包纸巾，直接放到了何渺的桌子上。

“谢谢。”何渺带着哭腔。

“林絮，对不起啊。我不该在很多小事上针对你，但我真没往你水杯里放过东西，我哪敢啊？你原谅我好不好？”

周围聚拢过来的女生们表情一僵，全都愣住了。

避重就轻。

林絮冷笑，何渺说她杯子里的铅笔屑不是自己扔进去的，那么又能是谁？

死无对证的事，没有监控，她一点办法都没有。如今不讲和，反倒显得她小心眼儿。

“没事。”她冲何渺笑笑，似乎是在笑她自己，“我原谅你了。”

这档子破事已经搅得林絮一整天都没心思学习了，毕竟崔敏找何渺谈了话，她应该不会再起什么风浪了吧？

忍就忍了，毕竟，好好学习才是正事，又何必跟无关的人纠缠？

然而她还是低估了何渺泼脏水的本事。或许是因为生物课代表乐玮玮走到她面前收作业时骂了她一句“贱人”，或许是因为前座女生在起身穿衣服的时候带倒了她的杯子却不道歉只是冷冷看着，又或许是因为她晚上走到寝室门口的时候，听见何渺在跟她的室友们和外班过来的几个女生委屈巴巴地哭诉。

“我真没针对过她，就是有一次不小心把酸奶洒她校服上了，她就不乐意了。我没想到她会跟崔敏说我往她杯子里投毒。我有病啊莫名其妙给别人投毒，出了什么事我担得起责任吗？我以前跟她那么好，我对她什么样，你们还不知道吗？她怎么能这样？”

“看她平时不吭不响的，竟然还敢跟老师打小报告。对了小雪，之前你跟一班赵思宇谈恋爱被崔敏抓包，不会就是她举报的吧？你俩的事儿咱班除了咱寝室的哪还有人知道啊？”

林絮站在门口，冷冷地透过门缝观望这一场何渺自导自演出来的闹剧。

如果这时候，她走进去跟她们大声地说“不是我，我没有”，她们当中会有人相信吗？

人生如戏，全靠演技。何渺遮起锋利的獠牙，把柔弱少女扮演得惟妙惟肖，而她呢？

自始至终，她都只是在自己演一场哑剧。

“那个贱人，她要是敢回来。”一个胖胖的陌生女生站在寝室中间，气急败坏地撸起了袖子，“她要是敢回来，看我不弄死她！”

林絮脊背一阵发冷，紧握着门把手的手指渗出了汗水。她终于还是撒开了手，在宿管阿姨锁上楼门的最后一刻，落荒而逃。

她不知道自己为什么跑到了男生寝室楼旁边高墙的角落里，但仿佛只要靠近这栋楼，她的身心就都能暖和一点。

她蹲在墙角，抬眼望了望灯火通明的男生寝室楼，从书包夹层里摸出了手机。Home键被按亮，橙色屏幕上跳出第一个联系人的名字，叶风。

盈在眼眶里的泪水一瞬间倾泻而出，啪嗒啪嗒地掉落在手机屏幕上。

她用手指一点点地把屏幕上的泪渍抹开，点了下“叶风”的名字，然后，用手指轻轻碰了碰拨号键。

突然好想他。

在这个像深黑窟窿一样冰冷的市实验，他是她唯一看得见的光源。

她想着，竟然一不留神，鬼使神差地拨了过去，又急忙在电话那端只“嘟嘟”了两声的时候，连按了好几下挂断键。

电话挂断的一瞬间，她突然不知道自己到底希不希望叶风听到了回拨过来。然而接下来响起的一连串来电铃声仿佛精灵的邀约，让她忍不住接通了电话。

“这么晚打给我，什么事儿？”少年语气轻快，隐隐约约带着笑意。

“没，我……”她强忍着哭腔和鼻音，抬眼间，望见叶风正站在寝室楼门口跟她打电话。旁边的几个男生抱着书一脸贼笑地凑到他耳边偷听，被他笑着推开。

“我不小心拨错了，你……早点休息，拜拜。”

她匆忙挂断了电话，眼泪和鼻涕又止不住地流了下来。她在书包里摸了半天，才想起来自己已经把唯一的一包纸巾给了何渺，懊恼间只好用手抹起了鼻涕，却在手掌捂住鼻子的一瞬间，呆呆愣住了。

叶风不知什么时候突然蹲在了她面前，鹅黄色的路灯在他毛茸茸的头发上洒下了柔和而温暖的光。

“怎么了？”少年目光关切。

眼泪又一次不争气地夺眶而出，她用双手紧紧捂住了脸，泪水顺着她的指缝渗了出来，黏腻的鼻涕瞬间糊满了她的手心。

“你等等啊。”叶风看出了她的窘迫，在身上的口袋里摸了半天，发现她正在静静地等他，又赶紧把书包翻了个底朝天，慌乱的表情像个做错事的孩子。

“给。”他终于翻出来一小包纸巾，拆开了抽出一张递给了她。

“谢谢。”她哑着嗓子，用他不断递过来的纸巾将自己脸上手上的鼻涕眼泪一通乱抹，终于露出了一张干净的脸。

“到底怎么了？”少年蹲在她面前，眼巴巴地等着她的答案。

“我……期中考砸了，物理没及格。”

其实不是的。

可是，女生们之间这些钩心斗角的破事，叶风，你怎么会懂呢？你又干吗要知道呢？

你救不了我的。

虽然，我真的很想让你带我走，带我离开这个没有人情味全是烦心事和挫败感的破学校。

可你的梦却在这里。

这几只耸立的钢铁巨兽，对我面目狰狞，却对你格外温柔。

其实，你可以不用管我的。

“就因为这个？”少年无奈地笑了起来，“林妹妹啊林妹妹，你物理不会怎么不问我？给你存手机号干吗用的啊？我全都会，保证能给你讲得明明白白。我还以为出了什么事呢，不就是个破物理吗？就你那变态的英语成绩，146 分，啧啧啧，比我高将近 20 分，你还在这儿哭，真是气人！”

初中的时候，她有一次因为没考好而哭鼻子被他撞见了，他便笑话起她来，叫她作“林妹妹”。

“你……”林絮眼泪汪汪地望着他。

即便我的期中成绩一塌糊涂。

你依然觉得我很厉害吗?

你真的这样想吗?

“困不困，现在?”叶风突然冲她抬了抬下巴。

“不困，怎么了?”她懵懂地抬头。

“行，把书包背上，去教室。”

“不是都清楼了吗?去教室干什么?”她问。

“给你讲物理啊，不然我怕你蹲这儿哭一宿。”

少年挎起单肩包站了起来，大步走在她前面。她抱着书包缓缓站起身，跟在他的影子后面，亦步亦趋。

月色昏黄，透过漆黑的薄雾层云，将他周身的轮廓打亮。她借着他身上的光，看清了她自己的模样。

她猜不到他们之间故事的结局。

但她只想永远都紧紧地跟在他身后。

或许是因为他总是走得比她更快些。

又或许是因为，他们想去的，一直都是同一个地方。

第九章

他偏偏跟别人不一样 /

林絮在将近半夜十二点的时候才偷溜回寝室。宿管阿姨在她的百般哀求下终于打开门锁答应放她进去，她轻手轻脚地掏出钥匙打开了寝室门，洗漱完毕后悄悄爬上了床。

她睁着眼睛望着窗外夜幕上的点点繁星，眼前浮现出不久前教室里的微弱灯光下，少年一板一眼认认真真讲题的样子。

“懂了吗？”

“差不多。”

“差不多可不行，再来一遍，看好了啊。”

后来，保安大叔注意到了教室里的灯光，拿着手电筒匆匆跑上楼捉人。叶风赶紧按掉了电灯开关，拉着她一起躲在了教室角落的双人书桌下。

室内漆黑一片，她看不清他的脸，却能感觉到他贴近自己的均匀短促的呼吸声。

清冽却温热的气息包裹住她，让她感到羞怯不安，却也让她觉得安稳可依。

临别时，她跟他真诚道谢，他只是大大咧咧地回了一句：“真想谢我，改天请我吃饭。”

她轻轻弯起嘴角，搂着被子缓缓睡了过去。

第二天林絮醒得很早，在寝室起床铃声还没响起来的时候，就一骨碌爬起来匆匆跑去了教室。

她不知道自己在躲避什么。躲何渺和其他的几个室友吗？然而即便她今天早上躲过去了，那今天晚上呢？明天呢？

她坐在教室里背了一会儿文言文，感觉自己的肚子咕咕叫了起来，便起身去食堂吃了早饭。回教学楼的路上，正好赶上自习开始时间，人潮汹涌。

她不知道自己到底在心虚什么，是单纯地不想看到班里那一张张面目可憎的面孔，还是单纯地害怕自己被她们看见。

果然鬼使神差，她一抬头就捕捉到了何渺的背影。长长的马尾在何渺的身后一甩一甩的，仿佛一种昂扬的示威和警告。

好恶心。

她的步子越来越慢，直到让自己被何渺落得越来越远。

然而当她终于挪到班级门口的时候，脚步却一下子被绊住了。

少年身穿明黄色夹克衫的背影严严实实地挡住了门口，她站在原地攥了攥裤边，突然没有了走过去跟他打个招呼的勇气。

叶风怎么会突然来他们班？

她害怕班上的那群女生发现她认识叶风，更不想让叶风跟如今这个处境的自己扯上什么关系。

班级斜对面就是女厕所，要不她还是先上个厕所吧。林絮想着，转身就要走，却看到昨晚在寝室里扬言要弄死她的胖女生，此刻正堵在厕所门口跟别人闲聊。

于是她还是转回了身，硬着头皮轻轻拽了拽他的衣角。

“同学，麻烦让一下。”她小声地说。

叶风闻言侧过身子，她正想偷溜进去，却被少年一把拽住了颈后的连衣帽。

“你刚才叫我什么？”少年定定看着她，脸上的表情好气又好笑。

“叶风。”她咧咧嘴角，故作大方地笑起来，“你来找人吗？用不用我帮你去叫……”

“我还能找谁，”叶风被气笑了，“当然是找你。”

“英语笔记借我看看。”他接着说。

“好……那你在门口等我一下。”林絮愣了愣道。

然而叶风还是大摇大摆地跟她来到了座位上。

何渺正坐在旁边照她的小镜子，猝不及防看到了叶风，激动得啪地一下把镜子合上，露出一个十分甜美亲切的微笑来。

“叶风，你来找絮絮啊？什么事啊？”

“借英语笔记。”

林絮在桌箱里掏了半天，愣是没看到半点英语笔记的影子。

“你等一下，我忘记放哪儿了。”

“没事儿，你慢慢找。”叶风说着，十分自然地在旁边没人的桌子上坐了下来。

“那个，叶风，我的英语笔记也记得挺全的，要不我把我的借给你吧。”何渺突然殷切开口。

林絮在桌箱里翻书的动作顿了顿。

“不用了。”叶风礼貌地笑了笑。

“或者我可以帮你借夏茉的，我俩以前一个初中的，关系特别好。”何渺补充说。

“我要是想借夏茉的，还用得着你帮我借吗？”叶风失笑，突然跳下桌子，俯下身把脑袋探到林絮的桌箱前，“林妹妹你能不能行？要不我下个课间再过来拿？”

“找到了找到了，给你。”他突然的凑近让林絮脸颊一阵发烫，她把脸离得他远些，把笔记本塞给了他。

“谢了，抄完了还你。”

叶风转身要走，何渺似乎气不过，嘟囔着说了一句:“她成绩又不好。”

何渺很轻微的一句话，却像是在林絮的心上猛地插下了一刀。

我成绩好不好跟你有关系吗？起码比你成绩好。

林絮其实并不是很在意何渺说她什么，但，为什么要当着叶风的面这样说。

林絮忍住没有跟何渺发飙，眼神下意识地去看叶风的反应。

她看到叶风的脚步顿住了。

“她成绩不好？”叶风转过身来，眼神冷冽地看向何渺，扯了下唇角问，“才开学多长时间，你了解她实力吗？”

“我……”何渺脸涨得通红，说不出话来。

“你成绩很好吗？”叶风接着问，“比我成绩还好？”

“咱俩比比？”叶风抬了抬下巴。

何渺一脸匪夷所思地看着叶风。

林絮莫名想笑，年级第一名叶风同学，能说出这种话欺负同学，其实还挺无耻的。

“话还是别说太早比较好。”叶风收回了挑衅的姿态，脸上挂起礼貌的微笑，笑意却凝固在唇角，生出些许冷意。

何渺低头翻了个白眼，不再作声。

“我走啦。”叶风笑着冲林絮眨了下眼睛，转身大步朝班级门口走了过去。

很多年后，林絮想，如果她真的不曾得到过命运偏爱，那么当年，上天又为什么要安排叶风出现在她的生命中呢？

他偏偏是跟别人不一样的。

哪怕她心里清楚，何渺说的才是事实，而叶风对她全部的判断，不过是一种错觉和假象。

可究竟什么是假，什么才是真呢？

简陋仓促的青春里，是他给了她那样一个虚妄却偏又真实可触的梦境。

让她沉迷，让她哪怕化为飞蛾，也想奋不顾身地扑向——那唯一的光。

何渺桌上噼里啪啦一阵响动。果然，吃了瘪后，她又开始摔笔袋和本子了。

然而林絮的心情却实在好得不行。

一整天里，何渺突然变得消停了许多。或许是因为昨晚她刚梨花带雨地哭诉完，如今还没办法马上从柔弱的受害者角色中抽身。

然而，即便何渺笑容甜美，对她的态度也是客客气气，林絮依然能感觉到她笑容里藏着的一口獠牙。她相信，只要逮到时机，何渺必然会张开嘴巴狠狠地咬她一口。

“上次期中考试全年级单科第一名的同学，下了晚自习先别走。何渺、邓帅，还有那个谁，林絮。你们三个，就由何渺来负责吧，把上次照好的照片贴到一楼大厅的光荣榜上去，明天市领导来学校检查，千万别忘了！”

崔敏踏着晚自习的铃声走进来，嘱咐完毕便回家接孩子去了。

林絮边做演算，边不自觉地把黑色水性笔重重地戳在了草稿纸上。凌乱的数字符号像崔敏的神态语气一样让她厌恶。何渺来负责，凭什么？

下课铃声响起，何渺猛地起身，带得桌腿跟地面划出“刺啦”一声刺耳的响动。她冲着前排大声喊了句“邓帅我们去贴照片吧”，然后看也没看林絮，拽起邓帅的袖子就走出了班门口，仿佛她是个透明人。

林絮抬起头，注意到何渺拉着邓帅的样子特别自然熟络，仿佛那个在寝室夜谈会上对邓帅评头论足百般挖苦的人从来都不是她一样。

伪善。

她站起来，拿起照片独自向一楼大厅走去。

林絮走到光荣榜前面的时候，何渺正站在椅子上，热情洋溢地帮一班的几个同学贴照片。她环顾了一圈，发现红纸上已经没剩太多空位了。

“你回去吧林絮。”何渺突然转过头来，嘴角弯弯，却在眼神中透露出一丝得意，“你的贴不上了。”

“为什么？”她直视何渺，反问道。

“你看不见位置不够了吗？”何渺也不再跟她装客气，“期中考试的并列第一名太多，没你的地方。人家叶风数理化生四门第一，就只贴了两张照片，人家都没说什么，你还不平衡了？”

早上才刚被叶风呛，这么快就忘了？竟然敢恬不知耻地拿叶风来说事？

“我……”林絮的态度强硬起来，却在周围的一班男生大喊一声“叶哥”的时候，彻底破功。

没说完的话卡在了喉咙里，她不想让叶风看到自己斤斤计较的样子。

“这么热闹，怎么了？”叶风伸着脖子，把头从人群里探了进来。

“没事。”何渺一把抢过了话茬，笑容大方得体，“就是这儿没位置了，林絮的照片还没贴上去，她心理不平衡，就跟我吵起来了。我也不知道她为什么这么在乎贴不贴照片这个事，实在不行就把我的位置让给她算了。”

林絮张了张嘴巴，一句“我没有”正要脱口而出，却听见叶风的声音从她身后响起。

“我为什么有两张照片啊？”他凑到榜前，眨巴着眼睛问。

“您考了几门第一，您自己不知道吗？”何渺堆起一脸假笑。

“用不着这么多，一张就够。”他转过身，冲林絮说，“把你照片给我。”

“不用了，你不用撕你的，我不贴也没关系，真的。”她摆着手推托。

“凭什么不贴啊，赶紧给我。”叶风恼了，把她手里攥着的照片抢了过去。

何渺注视着眼前的这一幕，表情僵硬。

林絮看到身前的少年把自己的第二张照片扯了下来，然后认认真真地把她的照片贴在了自己照片的正下方，满意地笑了起来。

“这张还挺帅的啊，可惜撕破了。”叶风说着，把揭下来的照片随手塞进了一旁的垃圾桶里。

“林絮你在这儿等我一下啊，我回班把笔记给你拿过来。”

“好。”

贴照片和围观的人群渐渐散去，林絮独自站在光荣榜前等他。幽暗空荡的教学楼大厅里，被射灯打亮的光荣榜照片墙上，她和她的少年紧紧挨在一起。

她抬起头，认认真真地去观察照片里他的模样。他长得很漂亮，不是用来形容女孩子的那种漂亮，而是一种属于少年的英气清爽的漂亮。他很爱笑，拍任何照片的时候脸上都会带着眉眼和煦的笑，能带给人一种抗拒不了的亲切感。

普通的蓝白相间的校服被他穿在身上，也会瞬间变得不再那么普通。

只要有他在的地方，一切都不会普通。

她抬起手，用指尖轻轻地描摹他照片上的每一处，目光温柔。下意识地，她的目光缓缓地落到了下面她自己的照片上。

虽然和他比起来，现在的她远远不够优秀，也不够漂亮。但，可不可以再等等她呢？

再等等她好不好？

等她变得足够厉害，真正能和他并肩。

即便未来再遥远难测，他们也永远像这两张紧挨的照片一样，再也不分开，好不好？

她会拼命追上他的。

她忽然想到什么，把四周环视好几遍，确定没有人看见，偷偷伸手把刚刚叶风塞进垃圾桶的照片拽了出来，一把塞进了牛仔裤的侧兜里。

直到她从叶风那里拿回了笔记，背着书包走回寝室的时候，仍然能感觉到硬纸片在腿上磨来磨去的触感。

鹅黄色的月光透过薄纱般的云雾照亮她小巧的侧脸，她摩挲着裤子，嘴角不自觉地向上弯了又弯。

第十章

他把她从角落里揪出来了 /

高一上学期一晃过去了大半，期末考试前，最热闹的无非是文理分科的事。

学文科，离开这个糟心的班级，变得成绩优秀，扬眉吐气。

林絮愣愣地看着桌上铺开的文理分科表，似乎想要看出一个洞来。

这是她唯一的救命稻草。再继续学理，她就完了。

“留在班里学理科的同学，接着上自习。有意向学文的同学，跟我来办公室。”

崔敏交代完，教室里嗡嗡声一阵，同学们交头接耳，却没有一个人站起来。

“咱班没有想学文的吗？”

“有。”林絮噌地起身，放下笔就跟上了崔敏。

办公室里，崔敏盯着林絮的成绩单看了许久，才慢悠悠地开口道：“为什么想学文啊？”

“理科学不会。”

崔敏笑了起来，笑容里却藏了丝几分讥讽：“文科就能学会了？”

她郑重其事地点了点头。

“文科没你想的那么简单。”崔敏伸手指了指她的政史地成绩，“你这几门的分数，也算不上多高啊。”

“语文和英语的成绩倒是挺拔尖，如果继续学理的话，也算是个不小的优势。”

“老师，我这学期大部分时间都用来学数理化了，所以没怎么在政史地上下功夫，如果以后只学这三个小科的话，时间充足了，成绩肯定能提高的。”

崔敏嗤笑，仿佛她找了个很烂的借口。

“我还头一次听到这种说法的。”

“总之，我不建议你学文。你现在这个成绩，只要能保证不掉出年级前一百，高考的时候就肯定能念个不错的二本。物理是差了点，但毕竟刚学，成绩还能提高。其他这几门的分数也都挺稳定，不用太担心。”

“就咱们学校的情况，学文科想走个好学校，至少得排进年级前 20 名。”崔敏扶了扶眼镜，瞥了她一眼，“你能吗？”

林絮彻底没话说了。

她一直觉得现下糟糕的成绩不过是因为她不擅长理科。只要她学了文，只要她学了文，一切都会好起来的。

可是刚刚，崔敏却问她，会好吗？你哪儿来的自信？

如果她学文也学不好，那她又该怎么办呢？

他越跑越快，远得让她隔着人群再瞧不见他的一抹背影。她曾经以为自己只要换一条起跑线就一定能追上他，跟他比肩。但如果，依旧不能呢？

整整一个星期，她都在纠结于学不学文这件事上。她给爸妈打了一次电话，复述了一遍崔敏的话，得到了爸妈商量好的继续学理的命令。

可她却隐隐觉得，学理是不对的。开弓没有回头箭，一旦踏上这条路，她就彻底完了。

周末，学校组织了高一年级全国中学生单科竞赛的报名宣讲会，说是只要拿了奖就能有高考加分，感兴趣的同学都可以报名。不过每个年级的名额有限，组织比赛的老师还得根据报名学生的成绩排名发放名额。

校礼堂人声鼎沸，林絮挑了个角落的位置坐下，一边把本子和笔从书包里掏出来，一边在人群中寻找他的身影。

她总是下意识地在任何一个他可能出现的地方用目光寻找他，仿佛成了一种习惯和本能。

远远地瞧上一眼就能满足，没有任何理由。

就好像她会在做各种事情的间隙突然想起他，一样没有任何理由。

她起身朝前排眺望了半天，身后突然被人轻拍了一下。

“你在找谁呢？”叶风把单肩书包往桌上一扔，一屁股坐在了她旁边的空位上。

“没找谁，就随便看看。”她的脸颊微微发烫，“你怎么不坐前面，坐这儿来了？”

“这种会一开就得磨叽一下午，其实就是报个名的事儿。坐前面总被老师盯着，影响我做题。”

他说着，从书包里掏出一本数学练习册翻开，然后把一副耳机插进了耳朵里，一边小声哼着歌，一边低头算起题来。

这个家伙。

林絮想到今天毕竟要开会，一本书都没带，只是拿了个古诗文小本就过来了。而且，小本里的这些篇目，她早就背得滚瓜烂熟了。

宣讲老师调试了一下话筒，她索性合上小本，认认真真地听起宣讲来。

果然，快两个小时过去了，她才终于熬到了报名时间。

“期中考试年级前 30 名的同学就不用举手报名了啊。你们这些尖子选手，必须每科竞赛都给我参加！”

“30 名之外的同学，有想参加的同学就举手，自荐他荐都行。”

“数学，有自荐或他荐吗？”

“物理？”

“化学？”

“生物？”

礼堂里坐得满满当当的同学们嘈杂喧嚷，各自举着手或者叫喊着自己班上学霸的名字，把统计名单的宣讲老师吵得晕头转向。

很久之后，林絮终于听到老师问：“英语都有谁报名？”

她默默地举起了手，因为前面举手的人太多，她特意抬高了些胳膊，还微微站起了身。

前排七嘴八舌的推荐声，每一个名字都绕过一双双高举的手，准确无误地钻进了她的耳朵里。

他们班同学都知道她期中考试的英语成绩，会不会有人喊她的名字呢？会不会呢？

“忘了说了啊，借读的同学，如果总成绩没考进年级前五十，就不用参与了哈，机会有限，咱们也得把机会留给更优秀的同学。”

“借读生没人来这吧。”第一排一个一班的男生不屑地喊道，“再说了老师，能考进年级前五十，还用来借读吗？”

男生的话像是投入冰冷湖面的一粒石子，拽着林絮的心，一路狠狠地坠了下去。

趁着老师还没有注意到她，她悄无声息地放下了高举的右手，又心虚地瞟了一眼旁边的叶风。

幸好，他依旧插着耳机埋头做题，仿佛隔绝在这个世界之外。

幸好，他没发现自己的不自量力和狼狈。

然而就在她懊恼自己刚刚为什么要举手甚至今天为什么要来的时候，身旁的少年却忽然一把扯下了耳机，高高地举起了手。

“老师，这儿！”

他的喊声太大了，引得前排的同学们纷纷转头。

因为统计人数而焦头烂额的老师听见了他的声音，有些不耐烦地说：“知道了叶风，全都给你报上，你别给我添乱了！”

“我不是报名，老师，您不是说能推荐吗？英语我推荐高一（3）班的林絮。”

“英语，我看看啊，英语的名额都已经满了。这个，林絮同学……”老师扶着眼镜捋了一遍讲台上的排名大榜，“这个林同学是借读生啊，而且期中考试的排名也不是很靠前,我看还是算了,明年再继续努力哈。”

“不行老师，”叶风急了，态度强硬地说，“您必须给她报上。”

讲堂里，同学们或好奇或讶然的目光像利箭一样纷纷朝他们射了过来。

老师显然因为“必须”这两个字而十分不悦。

林絮慌张地拽了拽叶风的袖子，小声对他说：“你赶紧坐下，我不想报名了，真的。”

他没有听她的，反而扯下她拽着自己的胳膊，轻轻地拍了拍她的手腕。

礼堂里，他成了所有人关注的焦点。可他还是轻轻地，拍了拍她的手腕。

连少年自己都没察觉到的温柔举动，却在此刻成了一种无声而有力的鼓励和安抚，让她忽然间觉得，自己好像并没有那么孤单。

并没有那么孤单，并不是只有自己一个人环抱着膝盖瑟缩在角落里，因为，他就在她的身边，他把她从角落里揪出来了。

她的眼眶忽然有点发热，鼻腔一阵酸涩涌上。

老师平复了怒意，皱着眉头问：“林同学来了吗？觉得自己有没有参赛的实力啊，你自己说。”

“老师，我成绩不够，就不报名了。”她起身，微笑着说。

“您别听她的，她对自己的能力判断有问题。”叶风插嘴道。

四下的同学纷纷笑了起来。

“您就给她报上吧，她期中考试英语 146 分，要是她都不能参加，谁还能参加啊？决赛的时候肯定给学校争光。”

老师恍悟道：“这样啊，行，我给报上了。”

礼堂里，女生们八卦又难以置信的表情快要把她生吞了。

叶风跟老师道完谢坐下的时候，林絮红着脸低下头，轻轻地对他说：“谢谢。”

叶风却奓毛了，看着她的眼睛大声地质问起来：“举手又放下了，你到底怎么想的？”

“我……我就是觉得不参加也行。”

叶风没再理她，只是轻轻叹了口气，嘟囔了一句“你什么时候能自信点啊，我真拿你没辙了”，然后便插上耳机继续做题了。

她没再听宣讲老师接下来又交代了一通什么，只是装模作样地翻开古诗文小本，然后用余光静静地注视着坐在自己身旁的少年。

心中被她悄无声息掐灭的叫作野心的火花，被他硬生生地再次点燃。

叶风，你知道吗？

其实我跟你一样自命不凡，一样有着强烈的得失心和虚荣心。

可我从来都不敢说。

散场的时候，她正在座位上填老师发下来的报名表，突然看见一个男生跑了过来，一脸贼笑地拍了拍叶风的肩膀。

“刚刚挺有种啊叶哥。”男生冲她使了个眼色，“小姑娘跟你什么关系啊？”

林絮把头埋得更低了些，脸越发红了。

“初中同学，我朋友。”叶风抬起头，“对了，咱寝室的文理分科表你都帮忙填了交上去了？”

“那当然，这点儿小事我再办不好，怎么当你们寝室长？”男生挑了挑眉毛，一脸坏笑，“帮你填了文科啊叶哥，以后不在一个班了常见面。”

林絮笔尖一颤。

“滚。”叶风使劲踹了男生一脚，“我学文就彻底玩完了，你不知道？”

“叶哥净瞎谦虚，我看你那政治历史背的，小分也不低啊。”

叶风没再理他，突然碰了碰她的胳膊。

“欸，你肯定学文吧？”

他问，你肯定学文吧？

她哪里来的肯定？

“我还没想好。”

“还用想吗？”叶风惊讶道，“就你那理科成绩，还不如我文科成绩呢。”

“但是我政史地成绩也不高。”

叶风想了片刻，问：“你花时间背了吗？”

“没有。”她坦白。

“那不就得了。”他说。

叶风，你真的觉得我应该学文吗？不是信口说说？

可你又怎么会了解我呢？

我其实从来都没有你想象中的那么厉害。

“我感觉以你的水准和努力程度，学文之后应该能拿第一。”他用握笔的手托着腮说，“不过，我们班有个人也学文，估计以后会成你最大的对手。中考全市第一鹿鸣，他也要学文。”

他突然笑了，冲她眨了眨眼睛：“不过他那个人实在不怎么样，所以我还是希望你能考第一。”

“为什么？”她脱口而出。

“唉，以后再告诉你。总之你肯定跟他一个班，到时候离他远点就得了。”

回到班级里，她把文理分科表填好，去办公室交给了崔敏。

崔敏叹了口气：“不再想想？我怕你后悔。你父母同意了吗？”

“我确定学文了，老师。”

她扬起头，冲崔敏绽开了一个自信大方的笑容。

她相信他。

叶风，未来，我们在更高处相见吧。

第十一章
属于她的太阳 /

报完志愿之后，林絮的生活和学习状态像是换了一个人。物理课上，她不再一边茫然地抬头看黑板，一边麻木地记笔记，用表演出来的刻苦努力来自我安慰和自我欺骗了。

她埋着头，不去抬头看物理老师正在放映的讲解“力的作用”的幻灯片视频，而是聚精会神地在本子上整理高一上学期的政治期末重点，运笔如飞。

曾经空虚乏味的物理课，瞬间变得充实生动起来。

“下面我们来看课后例题，找个同学来讲一下解题思路。”幻灯片中的讲解视频播放完毕，物理老师清了清嗓子说。

林絮笔尖一顿，下意识把头埋得更低。

“我看谁低头了？”物理老师笑了笑，“谁低头，我提问谁。”

林絮握笔的力度不自觉地收紧，忽然听见物理老师的声音传了过来。

“靠窗第三排，低头写字的那个女生。”

林絮心里“咯噔”一声，动作迟缓地把头抬了起来。

“对，就是你，说说这个例题怎么解。”

林絮双手紧捏着桌角，慢吞吞地站了起来，面露难色地小声回答说：“老师，我不会。”

“这么简单的题都不会吗？那你一直低着头在那儿记，记什么呢？”物理老师皱起眉，厉声问道。

林絮一时不知该怎么应答，忽然听见后排某个男生扯着嗓子喊了句：“老师，你别为难人家了，人家学文！”

物理老师怔了怔，随后表情惊讶地问她：“你要学文？”

林絮一顿，点了点头。

“你们班还有学文的吗？”老师又问。

“没有，就她一个！还有谁能闲得没事去学文啊！”刚刚说话的那个男生又回了一句。

林絮抿了抿唇，手指蜷缩了一下。

“老师，您快换个人提问吧，不然太耽误大家的时间了。人家在这抄政治笔记呢，根本没听课！”何渺在一旁适时插话补充道。

一瞬间，全班同学的目光瞬间齐刷刷地向林絮投了过来。

林絮脸颊发烫，鼻尖有点发酸，身体也不自觉地颤了颤。唯一学文的她变成了理科重点班的怪物，所有人理所应当嘲笑的对象。

她的手指越攥越紧，攥成了拳。

“唉，行，你先坐下吧。”物理老师无奈叹了口气说。

林絮默默坐下，余光看见身侧的何渺瞥了自己一眼，露出了一个轻蔑的笑。

林絮没有理她，继续埋头记笔记。

下课铃响后，林絮起身去上卫生间。卫生间里人很多，林絮排在队伍的最后面，听见自己前面的一个一班的女生正在和她旁边的那个女生闲聊。

“你知道吗？刚才我们班上课特搞笑，真的笑死我了。

“刚才不是上历史课吗？我们班除了鹿鸣都学理，所以大家都没怎么认真听，偷偷摸摸地学别的科呗，反正老师也发现不了。

“结果叶风，也不知道算什么题算魔怔了，一边唰唰写字一边小声嘟囔个不停，一惊一乍的。

“历史老师正好从他身边经过，冲他发了特别大的火，让他抱着书站到教室的最后一排听课去。结果他，罚站的时候一点惭愧的意思都没有，乐呵得不行。

“我同桌正好坐在他站的位置旁边，问他为啥挨了骂还能这么高兴，他说因为他刚才把那道极其变态的函数题给算出来了。”

“哈哈哈，他也太逗了，你们历史老师看见他被罚站还能嘚瑟成这样，不得被气死。”

林絮竖着耳朵偷听她们的对话，一时间竟忘记了抬脚跟上向前移动的队伍。

“二傻子。”她腹诽，唇角却不自觉地弯了又弯。

刚刚物理课上发生的事，在她的心里铺上了一层厚厚的乌云，让她感到十分压抑，透不过气。然而只在一瞬间，柔和的阳光忽然照射进来，阴郁的乌云竟然全部都消散了。

她怎么忘记了呢?

压抑冰冷的学校里，一直都藏着一个属于她的太阳。

高一下学期刚开学，教务处就排好了分班表，通知学文的同学抓紧时间去新班级报到。

所有的文科班都被安排在了理科楼对面的文科楼里。两栋楼之间的距离不算近，隔着一个面积不小的花坛和喷泉水池。

林絮需要搬过去的书和东西有很多，然而崔敏只给了她一个课间的时间搬东西。

“自己搬不了就让咱班同学给帮帮忙。”崔敏漫不经心道。

课间铃声一响，同学们一哄而散。有的三三两两地在座位上闲聊，有的一起挎着胳膊去接开水和上厕所。

林絮看了看脚下的一箱学习用品和两袋书，一下有点手足无措。

没有人主动来帮她搬这些东西，她也没有向任何人开口，请求他们来帮忙。

崔敏给她的时间只够她一次性搬走，但她觉得只要自己努努力，只搬一趟应该可以做到。

她先把整理箱搬到了理科教学楼大门口的角落里，然后一手提一个书袋子，把两个袋子堆到了放在角落的整理箱上。

林絮尝试着去把它们一次性地搬起来。

她弯下腰，用手去托箱子底，却发现凭自己的这点力气，她根本连箱子的边都挪不动。她的身侧忽然有人经过，两个男生跟在一个漂亮女生的身后，每个人的手里都抱着一箱书。

“辛苦你们啦。”女生空着手，一边喝饮料一边和身后的两个男生道谢。

“都是同学还这么客气啊。”两个男生笑着回应道。

林絮回神，瞧了眼自己面前的一大堆东西，再次陷入了忧愁。

她不愿意开口求助，因为自高一入学以来，她没能在这个班级里交到哪怕一个朋友。

她不知道该找谁帮忙，也害怕会遭到对方的反感和拒绝，所以她还是决定依靠自己。

她深吸了口气，再次蹲下身去，试图把箱子给搬起来。

“你干吗呢？”身后忽然有个熟悉的声音传进了她的耳畔。

叶风咬着冰棒，一脸好奇地朝她手里的东西看了过来，皱了下眉。

“我搬东西，搬去文科班。”林絮有点尴尬地解释道。

别问为什么没有人帮你搬，林絮在心里祈祷。

即便周围搬东西的人群都有人帮忙，只有我落单。但你可不可以还是不要问，为什么没有人帮我。

“这么多东西你就不能分两次搬啊？”叶风脸上的表情满是无奈，“非得一次性都搬走？”

林絮的心脏猛地颤了颤。

“我们班只有我学文，老师说只给我一个课间的时间搬东西。”她说。

“她这要求也太不合理了。”叶风撇了下嘴，抱怨道，“这谁能搬得走啊。别说你了，我都搬不走。”

“没事，我……”林絮刚想说自己可以，忽然看见他朝不远处经过的一个男生招了招手。

是上次竞赛报名的时候来找他说话的那个男生。

“咋了哥？”男生乐颠颠地跑了过来。

“帮个忙。”叶风说，朝地上的一摞东西抬了抬下巴，“我一个人搬不走，你帮我搬一个。”

“好嘞。”男生说着就弯下腰把两袋书提了起来。

叶风忽然把手里的冰棒递给了她：“你帮我拿一下，我搬箱子。”

“不用，我自己搬就……”林絮客气拒绝的话还没说完，手心忽然猛地被冰了一下，一支吃了一半的冰棒被塞进了她的手里。

叶风躬身搬起书，脚步飞快地走出楼门口，朝对面的文科楼走了过去。

“欸，等会儿我啊哥！”男生连忙拎着书追了上去。

林絮怔愣了片刻，也加快脚步追上了他们。

“学霸不愧是学霸，这么多书，比我初中三年用过的书都多！”男生走在她身前，说完话回头冲她笑了下，赞叹道，“佩服佩服。”

林絮有点尴尬，刚想解释说自己根本不是什么学霸，就被叶风抢先把话接了过去。

“长见识了吧，我也佩服。”他说完，又语气自豪地补充了一句，“这可是我们初中的年级第二。”

“年级第一是你呗哥。”男生调侃道。

“不然呢？”叶风脚步一顿，一副理所当然的表情看着他问。

林絮不自觉地捏紧了手里的冰棒，却突然被冰得不得不轻轻松了下手。她的手心被冰得发疼，心里却甜滋滋的，像是被浇灌进了滚烫的蜜。

学文一样会很辛苦，她心里清楚。

学习本身就很苦，但她心甘情愿去吃这份苦。

因为她想追上他。

因为他对她的认可和期望是那样单纯而珍贵，像暗夜里引诱她拼命前行的光。

我一定会做到的。

她望着他的背影，在心里无比坚定地对他说。

第十二章

我带你去看月亮 /

高一文科班一共有四个，相比之下，理科班有十二个。

林絮以期末考试文科总成绩第九名的身份，被分到了唯一的文科重点班，高一（16）班。

班主任是个数学老师，姓洛，名叫洛彦，四十岁左右的样子。他穿着T恤衫吊儿郎当的做派，总是会让她不自觉地想起叶风。那个家伙如果以后当了老师，该会是副什么样子呢？

班会课自我介绍的时候，她看到了传说中的市中考状元，叶风口中那个不怎么样的人——鹿鸣。

鹿鸣被老洛安排在了第一排靠窗的单人座位上，四周的双人桌环绕成一个围栏，将这个国宝级选手严严实实地保护了起来。

事实上，刚走进教室，林絮就已经听见周围的好多同学在议论他了。

“鹿鸣成绩那么高怎么就想不开学文了？真是暴殄天物啊！”

“你没发现吗？期中和期末都是叶风考了年级第一，他心理能平衡吗？一班的人都说了，他学文是因为想拿第一，不想总被叶风压着。”

“不是吧，我怎么听说他学文是因为跟夏茉闹掰了呢？”

“欸，等会儿，我错过了什么八卦？他俩什么时候掰的？”

“就期末考试不久前吧？我一班的同学跟我说的，说夏茉把鹿鸣给甩了。”

林絮抬头打量了一下鹿鸣，长相清秀的高个子男生，戴着一副银边眼镜，温和的气质，却有着冷冰冰的距离感，全然一副“老子只对学习感兴趣，谁也别烦老子”的架势。

虽然她不知道叶风跟鹿鸣之间到底有什么误会，但她隐隐约约能感觉到，叶风应该不会喜欢他这样个性的人。

不过，那个风云校花夏茉，为什么会喜欢他呢？或许人家外冷内热吧，她默默地想。

分科后第一天，林絮换了新寝室，另外几个室友也是学文科的借读生，却都不是十六班的。

可她竟然一点都不迫切地想在新班级交朋友了。

第一堂课是地理，她摩挲着眼前印刷着气旋反气旋示意图的地理图册，仿佛一个抚摸着自己优秀儿子的老母亲，满眼焕发出慈爱的光芒。

重生。

就像电视剧里那些脱胎换骨后复仇归来的小白兔女主角一样，给仇人反戈一击，让所有人都瞠目结舌俯首称叹。

她不知道自己的仇人究竟是谁。是喜欢欺负她的何渺吗？还是曾经看不起她的那些老师同学？或是……所谓的命运？

总之，从踏进这个班级的大门开始，她就再也没有退路了。

她必须非常非常努力。

分班当晚的四节晚自习上，老洛跷着二郎腿坐在讲台前，一边吸溜着可乐一边按着成绩排名找班上的同学们谈话。

其他这个年龄段的老师都是每天端个大茶杯来上课的，只有老洛，每天一瓶可乐，好像他家里的可乐永远都喝不完一样。

林絮笑笑，突然想到了一样爱喝可乐的叶风。

“林絮，来。”

她站在讲台前，看着老洛一板一眼地捋自己的成绩。

“哟，这语文和英语成绩，”老洛惊讶地抬眼看她，“不是一般人啊。”

林絮不好意思地笑了笑。

“不过你这数学……是你正常水平？不是答题卡涂串行了？”

林絮咬紧嘴唇，解释道：“老师，我数学确实挺差的。”

“这几个小科分数也还可以，再好好背背，一科提个十来分没问题。”老洛突然拍了拍她的肩膀，“数学也没问题，跟着我好好学，保证期中考试上 140 分。”

“行了，回吧。”

她赶紧鞠躬道谢。刚一转身，又被老洛叫住了。

“成绩挺不错的，自信点，去吧。”老洛笑眯眯地补了一句。

回到座位上，她继续拿起笔做数学教材全解上的例题。

笔尖却似乎忽然被一股暖流注入，倾泻在纸面上，折射出五彩斑斓的光。

她很喜欢这个班主任。

寝室晚上十点熄灯，林絮喜欢在宿管阿姨查寝结束后偷溜到走廊里，借着暗白的走廊灯光背政治。初春冷冽的夜风透过窗缝吹进，沿着领口灌进她的睡衣里，透彻心扉的凉意充斥了她的全身。

每当困到不行、双腿发酸的时候，她就会放下课本，趴在窗台上瞧一瞧窗外的一轮月亮。

那么大的月亮，那么亮的光。月宫里那个像神仙一样厉害的家伙，似乎站在天上向她勾了勾手指，笑着对她说："快跟上啊林妹妹，我带你去看月亮。"

我们一起去看月亮。一起去见，更亮的光。

于是困意和疲惫瞬间一扫而光，她又可以抱起书继续背起来。

文科的数学学起来似乎也没那么费力了。林絮习惯把下午的自习课全部安排给数学，将书上的课后例题和练习册里的错题按照步骤一遍一遍地整理，直到每一道题的答案她都能做到脱口而出。晚饭时间到了却不愿意停笔的时候，她便伴着窗外大屏幕播放的流行歌曲声，在空荡荡的教室里继续"沙沙"地战斗，直到下了第一节晚自习再去买个面包当晚饭。

而跟她一样不吃晚饭，一样在自由活动的体育课上逃回教室的，还有学神鹿鸣。

林絮觉得，鹿鸣跟她一样都是不善交际的人。

更准确一点说，她是真的不善交际，而鹿鸣则是懒得交际。

林絮跟他在教室里独处的时候，双方都只能听得见各自的翻书声和写字声。

偶尔鹿鸣会回头瞧一眼，确认一下她是否也在，然后面无表情地转过头去继续看书。

林絮则按捺不住好奇心屡屡往鹿鸣的课桌上偷瞄，看看学神在学些什么，是怎么学的。

然而鹿鸣的课桌上永远只是简简单单地摆放着历史或地理课本，而且他只是单纯地看书，从来不动笔，也从来不做题。

偷窥了几次之后，林絮觉得，还是算了吧，学神的学习方法对她而言根本没有任何借鉴性意义。因为每当她尝试着翻开历史书一看就是一整节自习课的时候，时间还没撑够，她的眼皮就开始打架了。

然而春日的午后和傍晚，每当林絮抬起头，看到金色的日光透过窗户在鹿鸣的背脊上投下一弧阴影的时候，还是会有一种莫名的心安。

原来背水一战的人并不是只有她自己。

原来跟她一样吊着一口气不肯甘心的，还有这个市中考状元。

这种无声的默契和陪伴，让她觉得自己不再那么孤单。

两个月的时间飞驰而过。

期中考试成绩公布这天，正好是林絮的生日。

自打鹿鸣去老洛办公室取成绩单开始，她的心就扑通扑通越跳越快，仿佛再多等一秒钟，她的心脏就要从胸腔里飞出去了。

越在乎越期待，才会越胆怯。

成绩单被鹿鸣取回来放在了讲台上，同学们从座位上争先恐后蜂拥而上，将小小的讲台围堵得水泄不通。

林絮在座位上抬头，正巧对上了鹿鸣的眼神。

鹿鸣冲她笑了笑，她一愣，仓促地回了他一个微笑。

她没读懂鹿鸣笑容的含义。

直到讲台上的人群不再拥挤，她终于鼓起勇气走了上去，一眼便看到了成绩单上的第一个名字。

竟然不是鹿鸣，而是她。

“林絮，总成绩 652 分，总排名 1。”

周围的同学把成绩单抢来抢去，她只是站在原地揉了揉眼睛，继续盯着别人手中成绩单的第一行，看了又看。

习惯了被命运捉弄的人，当惊喜突然降临的时候，总是会怀疑自己眼前发生的一切会不会只是一场幻觉。

即便所有的意料之外，其实早就隐秘地藏匿在了情理之中。

“同学们，学校通知今天的晚自习取消，大家愿意来自习的自习，不愿意的就待在寝室哈。”

团支书突然在班级门口大声喊道。

“啊，太好了——”

大家炸了窝，三五成群，勾着肩搭着背一溜烟跑个没影了。

林絮回到座位上，把学生证从书包里掏了出来。最近学校抓得严，她早就把手机锁进寝室柜子里了。不过好在门卫值班室里有一个电话座机供学生们凭学生证借用。她特别想去用值班室的电话座机给妈妈打个电话，立刻，马上。

她迫不及待地想要把这份自豪又喜悦的心情分享给妈妈。

她攥着学生证就往外跑，一个不留神，猛地撞上了迎面走来的鹿鸣。

“对不起。”她连忙道歉，突然有点心虚，仿佛自己是个抢了别人东西的贼，被正主逮了个正着。

“没事。”鹿鸣浅浅一笑，“恭喜了。”

他又补了一句：“我刚从一班回来。”

“谢谢……其实你比我厉害。”她有点尴尬，突然又想起来什么，问道，“那个……这次理科第一名还是叶风吗？”

鹿鸣点了点头。

好开心。

他一定也很开心。

不久后，教学楼大厅里两张贴在一起的学年大榜上，她和他的名字会并列出现在第一名的位置。

这种感觉真的很好很好。

第十三章

多想时间能停下 /

门卫值班室只有一个老大爷在，大爷让她出示了学生证后，便示意林絮可以去打电话，然后自己拎着保温桶去食堂打饭了。

敞着门的狭小值班室内，只剩下林絮一个人。

林絮拿起电话听筒拨完一串号码后，忽然觉得连长达几秒钟的嘟嘟声都变得格外漫长。

“喂，哪位？”声音不是妈妈的。

“阿姨您好，我是林絮，我妈妈……在工作吗？”

“哦，小絮啊。”对面的嗓音温柔亲切，“我是你王姨。你妈今晚三台手术连做，估计没时间接你电话了，你有什么事儿，我帮你转达。”

林絮静默了很久，久到失望的潮水一点点地把她的兴奋和喜悦浸透淹没。

“我没什么事，王姨您忙吧。”

挂断电话后，她愣了半晌，还是拨通了爸爸的手机。

“喂？谁啊？”

电话另一端男人粗鲁的喊声带着酒气，让林絮无措地噤了声。

“说话！你是谁？”

林絮啪地挂断了电话。

她把手贴在冰凉的电话听筒上，呆呆地望着有些掉了漆的数字按键，眼眶微微酸涩。

她不过是想找一个可以跟她分享喜悦的人。

她不过是想听一句夸奖她的好听话。

可是好难。

以及，到现在还没有听到的一句“生日快乐”。

她吸了吸鼻子，决定去超市买个三明治当晚饭，然后继续回教室做题。

虽然今天晚上她一点都不想再学习了，可是回寝室她又能做些什么呢？

她决定不再胡思乱想，在心里默默地对自己说了句“生日快乐”以及“你真的很厉害”，然后抹了抹眼泪准备离开。

却在转头间看见了正从值班室的门口走进来的叶风。

门外广场两侧的红砖教学楼围出一个长长的甬道，落日的余晖洒在少年毛茸茸的头发上，打下上帝偏爱的追光。少年眉眼和煦，笑容明亮，一下子晃花了她的眼。

她微微张了张嘴巴，心里迫不及待地想要问他“叶风你知道我考了第一名吗”，却实在问不出口，卡在了喉咙里，化成一个仓促的微笑。

他却先开了口，探着脑袋笑嘻嘻地凑近她，说的第一句话却是：“鹿鸣怎么样？是不是撞墙的心都有了？”

“你怎么这样啊，”她小声嘟囔，“被我超过有那么丢人吗？”

“当然不丢人！”少年反驳道，竖起大拇指在她面前晃了晃，笑呵呵地说，“你太给我争气了！”

她的脸腾地红了起来。

他总是这样，说话的时候带一些你啊我啊的，晦涩不明，自己却从来意识不到。

“你等会儿我啊，一会儿咱俩一起走。”他走到了电话座机前，一边拨号一边对她说道。

林絮“嗯”了一声，站在一旁等待他把电话打完。

“行了行了妈，袜子我真的每天都换，裤子也洗了，真的。我这周末放假，你记得给我做可乐鸡翅啊，千万少放盐。对了妈，你顺便用咱家电脑帮我查查网上有没有什么物理学习方法之类的东西，晚上下晚自习打我手机给我讲讲。我们班主任让我明天给大家做数理化学习方法的汇报，我哪知道什么学习方法啊？她还要求每科都讲够一个小时，我寻思扯这些虚的，还不如直接给大家讲几道题呢。”

林絮侧着耳朵听着，扑哧乐出了声，却发自内心地很羡慕他，有些心酸和难过。

阳光下长大的少年，内心清爽干净，炽烈坦荡。像山峦骄阳，像她触摸不到的远方。

叶风把电话挂断，转过头对她说：“咱们走吧。”

林絮点了点头，和他一起走出了门卫值班室。

或许是不久前刚下过雨的原因，初夏的天气仍旧泛着凉意。忽然有一阵强烈的风吹过，将林絮半塞在口袋里的学生证吹落到了地上。她正要弯腰把它捡起来，被叶风抢先了一步。

学生证被风吹开了一页，叶风把它拿起来的时候，正好看到了上面写着的她的出生日期。

“今天你生日？”他惊讶地问她道。

她愣了愣，点了点头。

“生日快乐。”他把学生证递还给了她，笑眯眯地对她说。

“谢谢。”

“对了，你吃饭没？要不要出去吃？没记错的话，你还欠我顿饭吧？”他忽然问她。

“出去……怎么出去啊？校门不还封着吗？”

“翻墙啊。”叶风理所当然，“你没翻过？”

林絮茫然摇头。

“也是，你恨不得一天24小时都用来学习，怎么可能翻墙出去玩。”叶风挑挑眉，一脸坏笑，“今晚别学了，带你出去玩。”

林絮觉得如果对方不是叶风，她是这辈子都不可能会干出翻墙这种事来的。虽然叶风在她骑在栏杆上不敢往下看的时候稳稳地扶住了她，她还是在跳下来的时候扭到了腰和腿，而且不敢声张，只能默默忍着疼，因为怕他笑话她。

自己这样，也算是为爱牺牲了吧？她默默想道。

串串店里人声鼎沸，他们选了个靠窗的角落坐下。因为附近的职高在放假，来吃饭的学生实在不少，所以他们并不是很惹人注意。

叶风在点菜的时候，忽然大大咧咧地问了一句："这个菜单上写的'当天过生日的顾客凭身份证免费领6寸水果蛋糕一个'，凭带出生日期的学生证有效吗？"

服务员小哥殷切点头，说当然可以。如果两位当中有人过生日的话，还可以享受店里的生日祝福环节。

林絮涨红了脸，摇着头说不要祝福了，领个蛋糕就行。

叶风却完全无视她，大大方方地回应说："好啊。"

于是店里的大屏幕被切换成了《祝你生日快乐》，服务员推着插好蜡烛的蛋糕和附赠的水果拼盘走过来，店长站在柜台上号召全场的顾客给这个叫作林絮的小姑娘送生日祝福，叶风则拍着手跟着伴奏音乐和四周的顾客们一起给她唱起了歌。

她从来没体验过这样的生日。

像一个……尴尬的公主。

有一瞬间，她看着彩灯闪烁下少年的笑脸，忽然有些分不清楚自己到底是想笑还是想哭。

终于熬到了音乐结束，服务员离场，大家从强行温馨的氛围里抽身各聊各的，她才意识到自己忘了把点着的蜡烛吹灭。

"等会儿，先许个愿呗。"她刚要鼓起腮帮子，就被叶风制止了。

她缓缓闭上眼睛，双手合十，说是在许愿，其实更像在祈祷。

你喜欢我吗，叶风？哪怕只有一点点？

好想让你喜欢我。

“许的什么愿啊？”对面的少年笑嘻嘻地问，“不会是考北大吧？”

“你听没听过一个笑话？”她笑着睁开眼睛，不紧不慢地说，“小时候，我总是在纠结长大了到底考清华比较好还是考北大比较好，长大后才发现，当年的纠结一点儿用都没有，因为不论是清华还是北大，我都……”

“我都考得上。”他打断她。

“知道知道，”林絮被他气笑了，撇撇嘴说，“你最厉害。”

“你们文科生肯定都想考北大吧，反正我清华北大都一样，要不咱俩一起考北大怎么样？”

她一愣，然后缓缓敛去了笑容，望着他的眼睛，认认真真地坦诚道：“我和你不一样，叶风。我其实没有你想象的那么厉害，这次能超过鹿鸣考第一也只不过是侥幸。而且我下的都是笨功夫，如果我不这么努力的话，成绩会变成什么样，我自己都不敢想象。但你不一样，你特别聪明，也一直都很努力，是一个比我厉害太多的人，你明白我的意思吗？”

“我姐也像你这么说过。”他勾起嘴角笑了笑，转而语气诚恳地回答她，“我明白。”

你不明白的，林絮在心底反驳他，却听见他接着开口道：“我明白你的意思。就是因为我知道你和我不一样，所以我才发自内心地佩服你。”

“你很厉害，真的。”

玻璃橱窗外的蝉鸣声捎来了夏夜清凉的晚风，少年的眼神映着如水月色，温柔笃定。

鼻尖一酸，林絮的眼前水雾迷蒙。

她慌乱地起身，说了句“我去个厕所”便转身就跑，奔跑的时候撞到了桌角，还带歪了好几把椅子。

直到跑进洗手间，她才捂着眼睛大哭起来。

为什么会这么想哭呢?

无数个精疲力竭的夜里，无数个自我否定的瞬间，她会习惯性地抬头仰望月亮。

那么皎洁明亮却遥不可及的月亮，那么灿烂盛大却无法抵达的远方。

她贪婪地仰望着，想奔向它，想占有它，却无从下手，慌里慌张。

直到，有一个站在月亮上的人，向她伸出了一只手。

向她伸出手的人是他。

是他，站在了她从现实通往梦境的路上，给她底气和力量，牵着她奔向遥不可及的远方。

她到底是有多幸运，才会在孤单闭塞的漫长青春里，恰巧遇见他这样的一个人。

她不知道自己究竟哭了多久，等她擦干了鼻涕眼泪回到座位上的时候，煮好的冷锅串串已经上桌了。

“赶紧吃！”叶风拿起一串牛百叶塞进嘴里，辣得猛灌可乐。

“叶风，我能问你个问题吗？你为什么那么讨厌鹿鸣啊？”林絮问。

少年从锅里挑串串的动作顿了顿。

“真想听？”

八卦的内心让林絮殷切点头。

“我初三那年来市里参加过一次全市中学生数学竞赛，你还记得吧？当时我、鹿鸣，还有另外两个哥们儿在一个寝室复习，玩得挺好的。后来决赛那天，其中一个哥们儿卷子背面没印上题，当时他就坐在鹿鸣身后，就问鹿鸣是不是背面没有题。”

“鹿鸣说是。”

“后来那次决赛，我差了 2 分没过线，那哥们儿就更不用说了。但鹿鸣拿了全市第一，中考加了 10 分。”

“其实我中考成绩裸分要比他高。”

林絮默默地听着，看到叶风微不可闻地撇了撇嘴。

“我就是看不惯他。”

“所以啊，我希望你能一直考第一，永远不给他机会。”叶风笑了起来，眨了眨眼睛。

十六岁的少年，喜欢和讨厌都能大大方方地写在脸上，直接坦荡地说出来。

不像她。

她静静地看着眼前的男孩子，有着十六岁真实的虚荣，真实的骄傲，真实的喜恶，真实的爱恨。

他就是这样一个人。

一个跟她截然相反的人。

也许正是因为这样，他才会对她有着这样巨大的吸引力，让她拼命地想要靠近。

他们吃完饭后，桌上的小锅和签筒被店员收了起来。恒温的中央空调和大屏幕里循环播放的流行歌曲让他们两个人不舍得离开。

“没手机也太无聊了。”叶风撇着嘴嘟囔。

“咱们看会儿书吧。”

林絮注意到自己身后的小书架上有几本可以免费阅读的书籍，抽出一本散文书递给了叶风，自己也拿了一本张爱玲小说集读了起来。叶风那家伙却刚翻了几页就把书一扣，趴在桌子上睡了过去。

她合上了书，把下巴抵在叠放在桌上的胳膊上，眨着浓密的眼睫，安静地注视着自己眼前的这个男孩子。他的皮肤那样白，卷曲的睫毛比她的还要更长些。他的睡相极为乖巧，清秀的眉眼下，略微上扬的唇角盈满了笑意。

老天爷怎么可以既让他这么聪明，又让他生得这么好看？

一个邪恶的念头占据了她的大脑。

好想吻上去啊。

在这个店员和其他顾客都注意不到的角落，像台湾偶像剧的女主角一样，轻轻吻上他的侧脸。

然而无论借她多少个胆子，她依旧不敢。

于是只好继续低头看书，一句话突然钻进了她的眼睛里。

“见了他，她便变得很低很低，低到尘埃里，心却是欢喜的，从尘埃里开出花来。”

从尘埃里，开出花来。

夏日晚风摇响了店门口的日式风铃，大屏幕播放的流行歌曲突然变成了舒缓的轻音乐，连房檐悬挂的彩灯都一瞬间不再闪烁，仿佛时空静止的预兆。

时间可以先停在这里吗？

不用再回到那个冰冷残酷的钢铁楼群，不用再去应付那些冷漠疏离的同学关系，不用再把身体和青春透支给无休无止的背书和做题。

其实她特别不喜欢学习，真的。

真正支撑她恨不得24小时都在学习的，是每个零零碎碎能想起他的瞬间。

他永远都不会知道。

“我怎么还睡着了？”

少年猛地坐直，林絮却心虚地赶紧趴下去合上了眼睛。

“醒醒。”他摇了摇她的胳膊，“咱们得赶紧回去了，一会儿寝室锁楼，今晚查寝！”

她假装迷迷糊糊地睁开眼睛，还没反应过来，就被叶风拖出了串串店。

时间不会停下。

她跑得气喘吁吁，被叶风远远地落在了身后。

叶风回头伸过手来，她却避开了他的手，轻轻地握住了他的手腕。

虽然她不知道，抓手腕和牵手到底有什么根本区别。

但她还不能跟他牵手，即便她其实很想很想。

她就这样跟在他的身后一路狂奔，越过跨江大桥，越过街道两旁枝条摇曳的柳树，越过亮着灯牌的店铺和行色匆匆的人群。

她突然就不再抗拒回到那只钢铁巨兽的血盆大口里了，甚至想跑得更快些。

直到他们可以越过这三年，越过一次次鲜红的分数和一张张雪花般的试卷，越过复杂纠结的生活琐事，跑到更大更远的世界里去。

直到她可以拥有真正的自信和自由。

直到她可以有底气成为那个真正配得上他的女生。

她轻轻抬起了头，对着星空再次许愿。

时间啊，可不可以走得再快一点？

第十四章

他是真的很可爱 /

期中考试后，老洛按每个同学的成绩变动简单调整了座位。林絮的位置没什么变动，唯一的变化是前桌的男生换成了一个一直坐在后排的女生。

女生名叫纪九梅。不知道为什么，林絮一看到她的背影，就会想起小卖部里卖的话梅糖。或许是因为她在座位上囤积了太多零食，窄小的座位就像一间移动小卖部。而她总是喜欢穿各种颜色鲜艳的衣服，黄色T恤搭配粉色背带裤，像极了她桌上常摆着的那瓶美汁源果粒橙。

据林絮偷偷观察，这个九梅应该是个挺可爱的女孩子。

也许是因为她是唯一一个能在数学课上跟老洛一唱一和说相声的人。

九梅不喜欢学习，总是在语文课上因为背不下来文言文而被老师罚站。每当这时，她便会主动举手示意，说自己不想挡住后面的同学，抱着书自动站到最后一排。

九梅很少主动回头跟她讲话。

九梅的新同桌姚婷婷跟她趣味相投，都是十六班鼎鼎有名的八卦达人。她们俩喜欢在每个课间一边吃着零食，一边谈论校园里的八卦。

而林絮则喜欢偷听。

她会在每个笔耕不辍的课间不自觉地竖起耳朵，笔下的解题步骤一板一眼，她的心情却随着前桌两个女生爆出来的八卦而起伏荡漾。

不过好景不长，姚婷婷同学这几天突然闹着要转回理科班。老洛在办公室里把她训得一把鼻涕一把泪，而林絮却在低头做题的间隙听到九梅对她说："真决定了就别管别人怎么想怎么看。"

于是姚婷婷决定上完下午的体育课就收拾东西离开。

中午，同学们换完了运动服就全都急匆匆地跑去了操场。体育老师上周因为他们班的女生总是迟到而发了火，警告说如果这周谁再敢迟到，迟到几分钟就要跑几圈。

上课时间临近，教室里只剩下低头翻书的林絮和刚进门就一直趴在桌子上的九梅。

林絮合上书起身，担心九梅睡着了，正想把她叫醒，就看见姚婷婷火急火燎地冲到了座位上。

"你怎么还没走啊九梅，体育老师这节课抓迟到你忘了？"姚婷婷将运动裤三两下套到牛仔裤外面，焦急地喊道。

"我来姨妈了，肚子疼。"九梅缓缓抬起头，"你赶紧去，记得帮我请个假。"

姚婷婷的脸上有一秒钟的犹豫，却还是仓促地笑了笑，说："那你好好休息哦，我去帮你请假。"然后飞快地蹿出了教室。

“你没事吧？”林絮走到九梅的身边，轻轻拽了下她的袖子。

“没事儿，来的路上吃了个冰棍，没想到这么疼。”

九梅抬头说话的瞬间，林絮看清了她额上细密的冷汗和被她咬得发白破皮的嘴唇，吓了一大跳。

“我去医务室帮你买个止痛药，你再忍一下。”

“不用。”九梅叫住她，“体育课迟到罚跑，你不用管我。”

林絮转过头冲她笑了笑，说：“没事，罚就罚吧。”

九梅盯着林絮转过身飞快跑出去的背影，呆呆愣住了。

林絮攥着止痛药回教室的时候，已经上课十分钟了。她把刚接好的温水递给九梅，看着九梅把药吞下去之后，才匆忙地跑到操场上集合。

“跟着那几个一起跑吧，十圈啊。”体育老师毫不留情地说。

“老师我不是故意迟到的，我们班有个请假的女生肚子疼，我去帮她买药了。”林絮解释道。

体育老师一脸“你接着编”的表情静静看着她。

林絮无奈，只能跟在大部队后面跑了起来。

下课的时候，九梅站在不远处朝林絮挥了挥手。

“害你跑了好几圈，对不起啊。”九梅一脸愧疚地跟她道歉。

“没事。”她笑笑，问，“你好点了吗？”

九梅含笑点头。

“要不要一起去吃饭？”九梅忽然开口问她。

“嗯……好啊。”林絮有点吃惊，也有点开心。

“你跟我想象中的不太一样。”食堂里，九梅一边扒拉着餐盘里的青菜，一边对她说，“我一直以为你只对学习感兴趣，跟鹿鸣是同一类人。”

九梅眨了眨眼睛：“没想到你人还挺好的。”

“呃？”

“欸，大八卦，快看快看！”九梅冲林絮使了使眼色，打断了她的追问。

她顺着九梅的眼神看过去，看到挨近男生打饭窗口的角落里，夏茉跟鹿鸣走在一起，两人正窃窃私语。

教导主任哪儿去了？抓早恋啊！

九梅兴奋地就差拿出相机拍照取证了。

林絮故作淡定地咽了咽口水：“我之前听说他俩闹掰了？”

“谁说的？没掰！”九梅笑得贼兮兮，“姚婷婷以前跟夏茉一个寝室的，听她说，夏茉对咱们鹿大神依赖得不行，像胶水一样看到鹿鸣就黏上去。你说鹿鸣虽然长得不赖成绩也好，但就那性格，啧啧啧。姚婷婷还说，鹿鸣虽然不爱说话，但是对夏茉特别宠，送个奶茶都要先放进开水里烫一烫。”

“那为啥不直接买热奶茶呢？”林絮咬着筷子问。

九梅一愣。

“反正他就是对夏茉特别好。之前两人吵架，鹿大神据说两个月没吃晚饭，就为了省下钱给夏茉买那个她一直特别喜欢的包。”

林絮的心里咯噔一下。

两个月晚饭时间和鹿鸣的独处，让她觉得他也算是个跟她同病相怜的战友。然而，她是为了学习才忍痛割舍了吃饭时间，他却是为了省下饭钱来给女神买包？

太讽刺了。

“我听我之前班上的一个同学说，她觉得夏茉跟叶风更般配一些。你知道叶风吧？就是一班的那个理科第一名。”林絮夹着菜不咸不淡地开口，话语里却满是试探。

“叶风啊。”九梅乐了，“知道啊，校草嘛。”

“不过我觉得他像个傻缺。”九梅转了转眼睛补了句。

林絮差点一口菜呛在了气管里。

“听我给你讲讲啊，你绝对猜不到我是怎么认识的叶风。”九梅的眼睛贼溜溜的。

“咱食堂上学期不是每周三都卖糖醋鱼吗？就那么十几条限量，去晚了就没有了。有一个周三中午，下课铃一响我就蹿了出去，跟大家一块儿往食堂跑。结果跑我前面一哥们儿，裤子兜里的零钱不小心掉出来了，五块十块的好几张撒了一地。我就大声地冲前面喊，同学你钱掉了！结果你猜怎么着，这哥们儿动作一点儿没停，边跑边回头冲我喊了一句——‘不要了’，然后就蹿没影了。”

“幸亏我好心，帮他把钱给捡了，本来想挂个失物招领的，听班里的女生说他就是叶风，我就去一班把钱还给他了。”

“为了条八块钱的鱼，好几十块钱都不要了。”九梅皱起眉头，嘴巴张得大大的，“就这样的还不傻缺？”

林絮弯了眼睛，咯咯地笑个不停。

“有那么好笑吗？”

“有。”林絮笑意盈盈地回答。

“花痴。”九梅不屑地撇撇嘴。

是真的很可爱啊，林絮心想。

晚饭后，林絮和九梅回到了教室。距离第一节晚自习开始还有很长时间，大家都出去自由活动了，教室里没有人在。

座位上，九梅忽然转头问林絮：“想不想看会儿电影？”

林絮一怔，问：“怎么看？”

九梅乐了，伸手指了指讲台上的电脑显示屏，挑了挑眉说：“用它看。”

教室里的多媒体设备只能供教师在上课的时候使用，一旦发现有学生私自使用，一律按违纪处理。

曾经的林絮并不知道，做违纪的事可以带给她一种快乐的刺激感。后来在和叶风翻了一次墙之后，她才发现了隐藏在自己内心深处的这种叛逆因子。

那个家伙，不是在折腾就是在折腾的路上，永远不可能按常理出牌，却偏偏没怎么闯过祸，反而可以把任何事情都完成得很好。

“看不看？”九梅问她，打断了她的思绪。

“好。”林絮笑着说。

她们偷偷跑到了讲台上的电脑前，一起看了一部很经典的泰国青春电影，影片的名字叫《初恋这件小事》。

因为害怕被人发现，林絮和九梅不断地拖动着播放器的进度条，用最快的速度看完了故事的主要情节。然而即便是这样，林絮依然被剧情感动得想要流泪。看见名字的时候，她以为这部电影讲的是一个关于初恋的故事。她不知道，这部电影原来讲的是暗恋。

小水变得越来越好，而阿亮学长也看到了小水的成长，喜欢上了小水。两人久别重逢，一直在等待对方。

她在心里想，如果她和小水一样努力，努力去变得更好，变成一个漂亮优秀、自信大方的女孩子，会不会有那么一天，叶风也会喜欢上她呢？

殊途同归的青春故事里，他们之间是不是也可以拥有一个相似的圆满结局？

“你说我什么时候才能拥有甜甜的爱情呢？”九梅仰着头感慨道，“好想找一个人去喜欢啊！”

林絮笑，却在偏头去看九梅的瞬间，看到了窗外不远处正抱着篮球走向理科楼的叶风。

大概是刚打完球的原因，他额前的碎发被汗水浸湿了，于是他伸手去捋了一把。一个和他同班的男孩子从他的身后追了上来，猛地搭上了他的肩膀，和他勾着背一起走进了教学楼的大门。

少年干净恣意、热烈无畏，是青春本该有的模样。

林絮忽然在想，或许相较于其他人而言，她早就已经足够幸运了。

爱与被爱都是幸事。她是多么有幸，能够早早就体验到真正去喜欢一个人的感觉。

第十五章

暗恋必死 /

姚婷婷转去理科班后，九梅旁边空出来的座位变成了她的小型零食仓库。

九梅会时不时地端着一包撕开的浪味仙或者乐事薯片转过头来问林絮要不要吃。

九梅还会在去做课间操或者去食堂吃饭的时候回头问她一句：“走不走？”

有时候林絮会别别扭扭，想多看一会儿书却又不好意思拒绝她。九梅看出端倪后，则会大大咧咧地一边吃零食一边说：“你想多学一会儿的话，咱就打最后一遍铃再走，没关系。”

林絮就这样收获了一个可以和她一起去做操和吃饭的好朋友。

和九梅在一起的时候，林絮突然变得话多起来。慢慢她才发现，原来自己并非是真的沉闷寡言，原来为了节省时间学习而一整天说不上几句话的她，也有能滔滔不绝地讲笑话和八卦的谐星潜质。

直到有一天，林絮上厕所回班的时候，看到何渺拉着九梅在班门口聊天。

她有预感，老天爷要把她的这个好朋友收回去了。

何渺的演技有多自然多精湛，自己在九梅的眼中就会变得多龌龊多不堪。

如果九梅不愿意听她的解释，她又能怎么办呢？

她斗不过何渺的，从来都是。

九梅回到座位上之后，林絮没有主动开口跟九梅说话。她低着头做英语阅读，耳朵却一直竖着，静静等待九梅用什么样的语气跟她说什么样的话。

毕竟，当初三班的那些她自以为相处得还不错的好朋友，就曾因为何渺的一番示弱和辩白，把收好的作业纸狠狠地摔在了她的身上。

如今的九梅，又凭什么要相信她呢？

终于熬到了下课铃响。

“走啊，吃饭去。”九梅转过头。

林絮放下笔，像平常一样跟九梅说：“走吧。”

然而走在半路上，林絮还是憋不住了，开口问：“你跟何渺很熟吗？我课间的时候看到你俩在聊天。”

“何渺？”九梅翻着眼皮想了一会儿，“哦，三班那个？不熟。”

林絮不再作声。

“你想知道她跟我聊了什么吗？”九梅问。

林絮点头。

“本来不想告诉你的，怕影响你心情。不过现在觉得，你应该没那么容易被她影响。”

“她跟我说，以前你们寝室的人都挺排斥你的，还说你虽然不爱说话但是心思很重，让我离你远一点。”

九梅冷哼一声："我当时就问她，你管我？用你教我和谁交朋友？"

林絮每走一步，心就往下沉一寸，终于还是想出了措辞跟九梅解释。

"我以前……是挺不爱说话的。"她咧开嘴牵强地笑了笑，"虽然现在还是不太爱说。因为跟寝室的几个女生接触比较少，加上可能做了什么事让她们对我有些误会。"

"你做什么事了？"九梅看着她。

是啊，她做什么事了？

她一时语塞，眼睛一眨不眨地愣愣望着九梅。

"为什么非得是你做错了啊？你跟她们不对付，难道就不能单纯因为她们都脑子有毛病吗？"

难道就不能单纯因为她们都脑子有毛病吗？

林絮的鼻腔瞬间涌上一阵酸涩，无辜的眼睛突然泛起亮光。

九梅笑起来，拍了拍她的肩膀："那个何渺，叽叽歪歪的，一看就是个成天挑事儿的人。你不用理她，她要是再敢找你麻烦，你告诉我，看我怎么弄她。"

谢谢你，九梅。

林絮看着眼前笑容灿烂的女生，忽然觉得自己特别幸运。

她交到了一个很好很好的朋友。

高一下学期匆匆过去，再开学已是高二。

高二学期调整寝室，林絮和九梅正好被分到了同一间寝室。只是九梅晚上走读不在，只有中午的时候会回寝室午休。林絮每天和九梅待在一起，总是能从她的口中听到最新的校园八卦信息，她乏味单调的生活因此变得轻松多彩了不少。

期末考试中鹿鸣夺回了第一名，总分比林絮这个第二名高了整整 36 分。然而考场得意情场失意，听说夏茉大小姐在暑假彻底把鹿大神给甩了。

“虐恋啊。”九梅吧唧着嘴巴，一边嚼着辣条一边感叹。

林絮笑笑，埋头往新课本上写名字，突然听见四周一阵躁动。

老洛带着一个新同学一前一后走进了教室。看长相，不出意外的话，这个新同学就是老洛说过的要转来他们班的洛少爷——洛一川。

洛少爷高林絮他们一届，本来是他们的学长，奈何上学期刚开学就因为篮球赛上腿伤复发而动了手术，休学了半年。如今只能降一级来补修落下的课程。

这位洛少身上傲娇冷淡的气质，让人极度怀疑他到底是不是老洛亲生的。

“你就先坐……”老洛环视了教室一圈，终于将目光聚焦在九梅身边的零食仓库上，“靠窗第三排，纪九梅同学身边吧。”

九梅一口可乐呛在了嗓子眼儿。

就在全班同学的视线都随着洛少的步伐而转移到零食仓库时，九梅正在疯狂地清理和收拾自己制造出来的残局。

她连抓带抱地把旁边桌面上和桌箱里的零食往自己已经被装得满满当当的桌箱里塞，并且把开了封吃了大半的堆在旁边椅子上的零食捡到垃圾袋里——慌乱中一袋辣条被她碰倒了，红油在椅子上蜿蜒成河，辣条的味道随之弥漫了整个教室。

洛一川静静地站在一旁看着她完成一整套动作，然后从她的桌面上抽出几张纸巾，将椅子擦拭干净后，垫上垫子坐了下来。

九梅冲他讪讪一笑："不好意思啊同学，我不知道你会坐这儿，这个座位之前一直没人坐的，我就把它用来放东西了。"

洛一川没理她，从书包里掏出了一支黑色记号笔，在双人书桌的中间画了一道笔直的三八线，然后把越线的零食都推到了她的那边。

"长见识了，"九梅转过头，小声嘟囔了一句，"我以前还真没见过这么小气的男的。"

林絮皱眉，伸出食指朝她"嘘"了一声。

纪九梅和洛一川的同桌生活，堪比电视上三十分钟一集的家庭情景喜剧，确切一点说，更像是一场闹剧。

洛一川有洁癖，笔袋和课本总是摆得方方正正，连摞在一起的试卷和练习册的四角都被他理得整整齐齐。相比之下，九梅的卷子和练习册都是跟零食一起塞在桌箱里的，想要掏出卷子，必然会有零食先掉出来。

后来，洛一川弄来个小箱子，让九梅装零食用，并且主动把九梅的课本和试卷分类整理好，叠放在了她的桌箱里。

九梅感动得一定要请他吃零食，他却摆摆手说："不用客气，不想生活在垃圾堆旁边而已。"

九梅气得一脚踩在了他的纯白色球鞋上。

然而不出半天，九梅的桌箱和零食箱就又变回了课本试卷跟零食饮料混装的状态，让洛一川彻底崩溃。

上课的时候九梅总是找不到试卷，会在课堂上跟洛一川一起看他的卷子，然后在老师提问的时候一把扯过卷子，站起来读他的答案。

“不是都帮你夹书里了吗？怎么又丢了？！”

“我不知道啊！我翻了啊！真没有！”

“没有你就别看了！别和我借！”

九梅赌气，转过头跟林絮看同一张，洛一川则会冷着脸戳戳她的背说：“再借你看一回，被老师看到还以为我欺负你。”

他又气鼓鼓地补了一句：“咱俩谁欺负谁你心里清楚。”

“我什么时候欺负你了？你整天一脸嫌弃地看着我，我还不痛快呢！找你爸换座，咱俩都舒坦！”

九梅彻底奓毛。

不知道为什么，每天观赏他俩斗嘴，林絮总是莫名觉得有些甜蜜，好像九梅期待已久的爱情就这样猝不及防地到来了。

纪九梅，洛一川。连名字都很般配。

然而洛一川有喜欢的人了。

这个八卦是林絮刚来到文科班不久就听说了的。洛一川一直在追求的，跟他暧昧不明的绯闻对象，是大名鼎鼎的叶潇。

叶风的姐姐。

她不止一次在课间操解散回班的时候，看到叶风跑过来跟洛一川勾肩搭背，一口一个“姐夫”地叫他了。

但洛一川却转过头来，跟林絮大方地承认说：“我是在追她啊，不过还没追上呢，你别听叶风瞎叫。”

“你为什么非得现在就追她啊？为什么不等到高考以后？”

洛一川看着她懵懂的眼神，扑哧笑了。

“她可是叶潇，你知道有多少男生喜欢她吗？我要是不抓紧，说不定哪天别人就抢先一步把她给追到手了。”

“那你跟她……表白了？”

“当然啦，不然还玩暗恋啊。”洛一川撇撇嘴。

“暗恋怎么了？”林絮不满地问道。

“暗恋是注定要被明恋干掉的，暗恋必死。”洛一川眼神笃定。

林絮的心狠狠一颤。

要是表白那么容易，谁还要暗恋啊。

“那你为什么喜欢叶潇？”林絮接着问。

“欸，林絮，我说你平时话不多，怎么打听起八卦来这么多问题？这时候不着急学习了？”

林絮的脸涨得通红。

“不愿意答就不答，人家问问怎么了？”九梅插话道。

“我跟林絮说话干你什么事啊，你别偷听！”

“就你那点破事我还犯得上偷听？咱班差不多每个人都知道叶潇根本看不上你……”

洛一川眼睛冒火，林絮紧紧地捂住了九梅的嘴巴。

九梅平时不这样的，洛一川却像一个打火机，随便一个眼神动作都能把她一点就着。

“虐恋啊。”不知道为什么，林絮突然这样感慨起来。

第十六章

要怎样才能不喜欢 /

期中考试过后，学校发出了高二年级参加高考体质测试的通知，让大家提前练习，做好准备。

早自习上，同学们借着体测的引子闹哄哄地议论起来。

“她怎么还没来？”眼看就要上课了，洛一川回过头，指着九梅的座位问。

林絮刚摇了摇头，就看到九梅突然火急火燎地破门而入，扑到桌子上就把手向她伸过来：“语文语文，卷子借我抄抄！”

“你又没写？”洛一川转过头看九梅，一脸气急败坏地问。

“昨晚有点事，没时间写！”九梅伸出来的双手上下乱颤，“一会儿‘灭绝师太’就来了，快啊林絮！”

“你抓紧。”林絮把卷子塞给她，哭笑不得，“她上节课不就因为你没背下来课文发了通火吗？还说这节课重点抓你，你怎么还不写？”

九梅边唰唰抄答案边说：“我也不想啊。我爸妈去外地进货了，昨晚看店的时候遇到个醉鬼跟我打架，作业没写成还闹到了派出所。半夜我弟还发高烧了，我在医院折腾到现在，觉都没睡成。”

“你没事吧？”林絮和洛一川同时开口。

九梅惊讶地看了洛一川一眼，然后转过头跟林絮说：“没事儿，就是太困了。”

林絮这才注意到九梅的手腕上有几道红肿。

“昨天留的卷子拿出来。”有“灭绝师太”称号的朱老师踩着高跟鞋从班门口杀了进来，“鹿鸣，第一题。”

九梅嗖地把林絮的卷子扔了回来。

“好，后面，第二题。”

轮到九梅的时候，正好是一大段仿写题。

九梅站起身，一把扯过洛一川的卷子，声情并茂地朗读了起来。

“写得不错。”朱老师满意点头，“坐下吧，同桌再来答一下这道题。”

九梅正要俯身坐下的动作猛地一僵。

洛一川缓缓起身，低头无言。

这时，朱老师又出声：“纪九梅，你刚刚念的答案，是你自己做的吗？”

九梅耷拉着脑袋，刚要把卷子还给洛一川，自己坦白招供，却被洛一川一把按住了手腕。

“老师，我卷子没带。”他抬起头，声音很大。

“没带？正好你爸第二节才有课，让你爸找找给你带来。”

“不用了老师。”洛一川挠挠头，“我没写。”

朱老师“啪”的一声把手里的教案摔在了讲台上。

“没写是吧？”朱老师冷冷地瞪着洛一川，“拿着卷子站走廊里写去吧。”

洛一川没作声，默默地从九梅的桌上把那张答案抄了几道题的卷子抽了出来，拿着笔走出了教室。

“继续上课，后面，下一题。”朱老师慢慢平息了怒火。

林絮起身回答问题，注意到九梅捏着洛一川卷子的手指微不可见地颤了颤。

语文课连上两节，课间休息的时候，林絮陪九梅去走廊里找洛一川，看到叶风正嬉皮笑脸地在他面前问东问西。

“哟，姐夫，你这是作业没写？不像你风格啊，最近叛逆了？”

洛一川抬脚踢叶风，却一个踉跄差点没站稳。

“腿没事吧？”叶风突然认真起来，“要不跟你们老师说一声，你这腿还有伤呢。”

“没事，别管我了，赶紧回。”

“你……腿没事吧？”九梅第一次支支吾吾起来，“刚刚，为什么要帮我‘背锅’？”

“看你太惨，”洛一川撇撇嘴，“我同情心泛滥，不行？”

“我去跟老师说清楚，你别站了。”

九梅转身就走，却被洛一川一把拉住。

“欸，你等等！我都站了一节课了，你现在说我不白站了吗？”

九梅站在原地，眼圈有些泛红。

洛一川一愣，不再吊儿郎当，语气温柔地说：“赶紧回去睡一会儿，我没事儿，真的。”

九梅回到座位上，一整天都像丢了魂。

爱情的发生是不是不可控的？

林絮不知道九梅是不是因为这么一件事就喜欢上了洛一川，然而她的确喜欢上他了，所以这份感情注定是段孽缘。

因为她的情敌不是别人，而是那个优秀到近乎完美的叶潇。

食堂里，九梅不再像以前一样跟她滔滔不绝地讲八卦或者没心没肺地大笑，而是盯着叶风正在吃饭的桌子看了很久，魂不守舍地开口问：“坐在叶风对面的那个女生，就是叶潇吗？”

林絮点了点头。

“是挺有气质的。”九梅低头扒了口饭，又缓缓补了一句，“难怪洛一川喜欢她。”

林絮沉默无言。

如果叶风也有了喜欢的人，她应该会比九梅更加难过吧。

然而她现在难道要劝九梅不要再喜欢洛一川了吗？

她不是没喜欢过一个人。

要怎样才能不喜欢。

自从那天看见叶潇之后，九梅像是完全换了一个人。

她突然把半长不短的头发剪成了像叶潇一样利落的沙宣短发，不再把零食囤满桌箱，甚至穿起了白色百褶裙，并且非常努力地……想要提高成绩。

老洛对于九梅每天追到自己办公室请教问题的行为非常感动，甚至在班会课上重点表扬了她。

“她中邪了？”趁九梅又去问数学题，洛一川转过头，皱眉问林絮。

“或许是有喜欢的人了呢。”林絮眨了眨眼睛，笑眯眯道。

“她有喜欢的人？”洛一川恍然大悟，大叫道，“我爸啊？”

“滚开吧你！”林絮快要被他气炸了。

“不然她怎么天天学数学，天天往我爸办公室跑？”

“不跟你废话了。”林絮低头做题，不再理他。

不一会儿，穿着白色短裙的九梅抱着练习册回到了教室，刚坐下便低头温书。

“欸，你是我见过的第一个把短裙穿成短裤效果的女生。”洛一川贱兮兮地推了推九梅的胳膊。

然后，从旁边和斜后方投来的两本练习册一起打爆了他的头。

第十七章

舍不得不去看他 /

体测前一整个星期的晚自习课间，林絮都在操场上练习 800 米长跑。跟她一起的，还有鹿鸣。

听说鹿大神从小体弱多病，体育课跑操的时候更是屡屡吊车尾。

被拉下神坛同样为体育而发愁的鹿鸣，不禁带给了林絮一种陌生的真实感，不像那个家伙，无所不能、什么都会的样子实在是太欠扁。

“咱俩同时跑，一共三圈，看谁先到怎么样？”两人坐在地上休息的空隙，鹿鸣突然漫不经心地开口。

“好啊。”林絮有些讶异，但还是一口答应了。

竞技能给人无限动力，更何况对手还是鹿鸣。叶风说，他看不惯鹿鸣。叶风还说，他希望她能超过鹿鸣考第一。

在学习上，她似乎是有些有心无力了，不过奔跑起来把鹿鸣远远地甩在身后，依旧能给她带来很大的满足和快乐。

仿佛自己是在帮叶风实现着什么愿望。

她跑到终点的时候，鹿鸣还剩下大半圈。她跌坐在塑胶跑道上大口地喘着粗气，一边用手揉着酸胀的小腿，一边抬眼望向正朝她小步跑过来的鹿鸣。

他永远是镇定自如的、从容不迫的，哪怕是面对着这样不擅长的体育，他的脸上也无法让人捕捉到一丝一毫的局促和慌乱。

全市中考第一名鹿鸣，那个在竞赛考试中坑了朋友的自私鬼鹿鸣。

鹿鸣终于跑到了终点，也捂着膝盖蹲了下来，挨着她坐在了跑道上。

寒冬凛冽的操场上，月亮隐匿在薄薄的云雾后面，露出稀微而神秘的光。

“我天生身体素质差，不管怎么练都没办法及格。”鹿鸣仰头喝了口瓶子里的矿泉水，用手背抹了下唇角的水渍，淡淡地说。

“所以我领了学生会的职务，在跑操的时候查考勤，还经常逃体育课，说是为了节省时间学习，其实不过是怕丢脸罢了。”

林絮静静听着，一时不知道该说什么。

“我觉得咱俩挺像的。”鹿鸣似乎也不用她回应，依旧自说自话，“但你比我厉害。

“我挺佩服你的，真的。”

鹿鸣是叶风之后第二个说佩服她的人。

明明是让她望尘莫及的两个人，却都满脸诚恳地说佩服她。

她没有故作谦虚，只是淡淡一笑，说：“谢谢。”

他们逃了一整个晚自习，她跟鹿鸣并肩坐在操场上，聊了很多。

她从狗腿地向鹿鸣询问背书和答题方法，到难为情地八卦他跟夏茉之间的关系过往，再到把话题转向理科，转向一班，转向成绩前五名的学霸，转向……叶风。

她从不放过向每个认识叶风的人提起他的机会，却总是能在层层话题里不经意地提起，把他的名字隐藏得很安全。

她喜欢听别人评价他。

她希望每个人都能肯定和喜欢他。

然而鹿鸣实在没说出什么有新意的评价，无非是叶风很聪明很厉害云云。关于当年的那场竞赛考试，关于鹿鸣这个人，成了林絮开启话题时刻意避开的禁区。

她心里明白，她没办法跟鹿鸣成为朋友。

或许是因为他从骨子里透露出来的凉薄。

或许是因为他惯有的云淡风轻的伪装。

又或许仅仅是因为，叶风不喜欢他。

体测当天，林絮的“大姨妈”提前登门，不得不等待一周后的补测。

她捂着小腹倚靠在足球架上，把一只手搭在额头上挡了挡刺眼的日光，然后眯起眼睛，静静地望着跑道上穿着深灰色毛衣的叶风一路奔跑的背影。

他跑得飞快，把第二名远远地落在身后，还露出明亮的笑容朝周围的老师同学嘚瑟地挥起手来，甚至在快到终点时张开了双手，转过身倒退着过了终点线。

这是无数个她觉得他遥不可及的瞬间里，其中的一个。

这世上到底有什么事是他不擅长或者做不到的？

他是一个跑得比时间还要快的人。

她偏偏喜欢上了这样的一个人。

明明他桀骜的姿态比他头顶的日光还要刺眼。

她却舍不得闭眼。

补测名单里，高二（16）班只有林絮和鹿鸣。

操场上，星星点点的补测同学正在做热身运动。林絮瞧了眼鹿鸣，他的脸上是一贯的云淡风轻。

她不知道学校通知里说的体测成绩不合格取消高考报名资格是不是真的，但体育课老师反复强调的“体测成绩不合格绝对会影响你高考”，还是让她为鹿鸣捏了把汗。

补测学生按男女生分为两组，分别在大小两个跑道上进行。

一声枪响，林絮拔腿便跑，第一圈快结束的时候，她的双腿越来越酸，冷风顺着她张开呼气的嘴巴灌进胸腔里，胸口是撕裂般的疼。

跑在林絮前面的瘦小女生，步子也迈得越来越小。绑着双马尾的小脑袋低垂着，让林絮觉得面前这个小姑娘再跑两步就要晕倒了。然而就在她快要向前跌过去的时候，一个高高瘦瘦的男生突然从她的身侧经过，伸出手稳稳地托住了双马尾女生防止她跌倒。

然后男生牵着小女生的胳膊，越跑越快，把体力不支的林絮远远地落在了后面。

监考老师三两闲聊，偶尔朝操场上喊一句“不许带跑”，却仍旧管不住三四个带着女生奔跑的小男生。

林絮望着眼前成双成对的背影，有些羡慕和嫉妒。谁还没有个带着自己跑的人了？她也有。只是他不会突然出现在她面前，牵起她的手拉着她向前奔跑，而只会在她的心里不停地向她笑着招手。

林妹妹，坚持住啊，跑得再快些。

跑得再快些，你就能追上我了。

她眯起眼睛，看着眼前斜斜歪歪的红色塑胶跑道，脑海中浮现出他一周前转过身倒着过了终点线的挺拔身影。灌了铅的双腿突然被注满了力量，她迈大步子，忍着喉咙里撕裂的疼痛，不管不顾地朝前方飞奔过去。

她喜欢的人，是个那样骄傲的人。

所以，她也绝不能输。

等林絮终于报完成绩，捂着双腿俯下身喘气的时候，才注意到旁边跑道上还在小步奔跑的鹿鸣。

大操场上只剩下两三个男生了，鹿鸣被远远落在最后，估计及格很困难。

她想起刚刚那几个被男朋友拉着手跑的女生。如果她们只靠自己，估计也及不了格吧。

在这里，只有她跟鹿鸣是同学。

如果她不帮他，他万一真的参加不了高考了怎么办？

或许老洛更应该担心这个问题。

但在这个时候，他需要有人拉他一把的，剩下的时间不多了。

她拍了拍自己还在颤动的红得发烫的脸颊，强撑着迈开还在酸胀发软的双腿，奋力地跑到了鹿鸣身边，一把拽起他的胳膊就往前冲。

“喂！那个女同学！不许带跑听没听见？”体育老师的哨子声响起。

“你干吗？”鹿鸣被她拽得一个踉跄。

她的血液在太阳穴上汩汩涌动，肺好像下一秒就要炸开了：“别说话，我，我想吐。”

鹿鸣愣愣望着她，唇角轻抿，脚上的步子却加快了许多。

终于快跑到终点，体育老师看不过眼，马上就要来抓人了。她松开了鹿鸣的手，双腿彻底瘫软，直直地栽倒在了跑道上。

“没事吧？”鹿鸣赶紧停下脚步要扶她。

“赶紧跑！”她皱着眉头使劲摆手，哑着嗓子说，“别管我。”

鹿鸣拧着眉头，咬了咬嘴唇，使出全力冲到了终点线。

林絮望着他步速飞快的背影，觉得自己快被他气死了。

刚刚你怎么跑不了这么快？

结束后，鹿鸣拧开一瓶水递给她，问：“为什么要帮我？”

“在这儿只有咱俩是同学啊。”她理所应当地回答。

“这不是同学的义务。”他轻轻笑了。

“呃？”林絮没听清。

“没什么，谢了。”他弯着眼睛，耸耸肩，“期末考试把第一让给你，怎么样？”

林絮使劲白了他一眼。

下午回到班里，洛一川一脸贼笑地转头：“欸，听说你喜欢鹿鸣？”

林絮刚倒进嘴里的一口水差点呛进了气管里。

“谁说的？”

“别班的同学都看见了，说你自己刚跑完就去拉着鹿鸣跑，还把自己给摔了。”

“那是因为咱班只有我跟他。”

“得了吧。”洛一川撇嘴，“这不是同学的义务吧。”

“我真不喜欢他，再乱说小心我打你！”林絮抄起英语课本就狠狠地朝他身上砸了过去。

“欸，你怎么跟纪九梅学的还会打人了？！”

“对了，九梅呢？”林絮问。

“在我爸办公室，请教问题。”洛一川无奈地摇头叹气。

林絮心上一暖，笑了。

晚饭后，天空突然飘起了鹅毛大雪。林絮今天负责给班级打水。当她提着两个暖壶颤颤巍巍地走在雪地里的时候，才发现跑完步之后过一阵子的腿才是真的疼。

她小碎步往前挪动着，怕踩到冰上滑倒摔碎了暖壶，却突然右腿一崴，直直地向后栽了过去。

身后，突然有一双手稳稳扶住了她。

她蒙蒙地看着眼前这个把她手里的暖壶抢了过去的少年。

“都瘸成这样了还打两壶水？”叶风斜了她一眼，而后嗤笑一声，调侃道，“听说你今天特英勇，自己刚跑完气都没喘匀就拉着鹿鸣跑，结果自己摔跑道上了。”

果然，又来了。

“我就是觉得万一他跑不及格影响了高考挺可惜的。”她耷拉着脑袋解释，“我对他没别的意思，真的。我知道你不喜……”

“你做得对。”他笑起来，认真地看着她，“如果换位，他肯定不会帮你。但你没有必要因为他什么样而违背自己的原则。

“如果是我在场的话，我也会帮他。”

林絮低着头，看着自己踏在雪地里的脚印，心里一颤一颤的。

印象中，叶风总是吊儿郎当咋咋呼呼的，偶尔认真的时候，却总是特别温柔。

温柔笃定，有自己的原则和坚持。

他们的脚步踩在雪地上，发出“咯吱咯吱”的响声。轻飘飘的雪花洒落在羊绒薄毯般的路面上，她欣喜得像个小孩子的模样。

她喜欢的人，是个很好很好的人。

他很值得被喜欢。

第十八章
我喜欢你的第五年 /

初雪之后，冬天全面降临。随着十二月的到来，天气一天冷过一天，整个城市却在冰天雪地中越发热闹起来。

市实验周围的商铺橱窗被带有圣诞老人图案的贴纸覆盖，校园里被寒风摧残的光秃树枝也被缠绕上了炫目刺眼的彩灯。新年的氛围装点着像雕塑一样冰冷乏味的冬天。

跨年夜的自习课上，林絮忽然被朱老师叫去了语文办公室。

“理科班有个让我头疼的学生作文不会写，你作文好，替我给他辅导辅导。

“我先下班回家了。钥匙在办公桌抽屉里，今晚办公室没老师值班，你俩走的时候记得把门给锁上。”

朱老师说完，便拎起挎包转身走出了办公室。

林絮应了声“好”，然后坐在办公桌的转椅上，一边等待她的这位辅导对象，一边百无聊赖地打量起电脑旁书架上朱老师的教案和教辅书来。

“原来朱老师说的高手是你啊。”一道熟悉的男声忽然从办公室门口传了进来，嗓音里带着戏谑的笑意。

林絮抬起头，在看到叶风出现的那一刻，眼睛瞬间被点亮，唇角的弧度也不自觉地扬了扬。

“你作文为什么又没写好啊？”她弯起眼睛，含着笑意问他。

“我也想知道为什么。”叶风无奈地叹了口气，把手里夹着黑色碳素笔的笔记本扔在办公桌上，又随手从林絮身侧扯了把黑色转椅过来，一下坐在了她的旁边。

转椅被他扯得离她很近，他猛然坐下来的时候，她的呼吸都不小心慢了一拍。

她脸颊有点发烫，身体也有点僵，不动声色地用脚尖把自己的转椅挪得离他稍远了点。

叶风完全没发现她这一系列不自然的举动，疲惫地趴在了办公桌上，愤愤不平地抱怨道：“这次月考又是作文给我拉分，害我没能拿成第一。我现在看作文纸都有生理反应，这东西也太可怕了。”

林絮笑：“原来这个世界上还有能让你害怕的东西啊。”

叶风耸肩，无奈地点了点头。

“没事，我教你写，不会让它再耽误你拿第一的。”林絮笑眯眯地安慰他。

“那我可信你了啊。”叶风眼睛亮了起来，猛地直起身捋了下毛衣袖子说，“开始吧，林老师。”

“好。”林絮把自己带过来的几篇范文摊开在桌子上，拿起红笔细致耐心地给他圈点勾画起来，从如何审题立意、如何组织安排论点论据，到如何写好开头和结尾，一口气给他讲了将近两个小时的时间。

“明白了，”叶风认真听完她的讲解，得意地冲她抬了抬下巴，“下次直接拿个满分。”

林絮被他逗笑，把红笔的笔帽扣上，毫不避讳地拆他的台，问：“叶风，你敢不敢再骄傲一点儿？”

“敢啊，”叶风大言不惭，说完忽然反问她，“你呢，你敢不敢？”

“呃？”林絮被他问得一蒙。

“我问，你敢不敢也和我一样，骄傲一点儿？”

“骄傲是需要资本的。”她笑着回答，态度却尤为认真。

“你是觉得你的资本还不够吗？”叶风失笑问她。

林絮怔怔不知该如何回答，忽然听见少年再次开口。

“你积累的资本已经够多了。”少年看着她的眼睛，语气真诚笃定，“在这个学校里，我只佩服你。”

叶风忽然拍了下她的肩膀，笑容和煦地说：“所以你必须得和我一样骄傲，不能再不自信了，知道吗？”

林絮愣愣地望着眼前的少年，眼眶忽然有点热热的，一颗心也烫得不行。

那年的冬天，是那样暖的一个冬天。

少年的身后是窗外浓稠的夜色，光秃树枝上鹅黄色的彩灯透过雾气氤氲的玻璃窗闪烁不止，将他周身的轮廓晕染上一层模糊晃动的暖光。

光哪里比得上他亮。

她曾见过各种各样的光，但那些光都不曾打亮在她的身上。

只有他眼里的光，能够洒落在她的身上，将她蒙尘的世界瞬间照亮。

他是她藏匿在心底暗自独享的光，也是她永远都不敢伸手去触碰的光。

锁完办公室的门后，林絮回了趟教室拿书包，和叶风一起走出了教学楼。

冬日夜晚的寒风冷冽刺骨，走在叶风身侧的林絮却感觉不到冷。因为在办公室里和他的相处，因为他刚才对她说的那些话，她的心里暖洋洋的，仿佛有个小小的太阳在冰冷的暗夜里升了起来，温暖又明亮。

“你待会儿去干吗？”叶风忽然偏头问，“不会还要回寝室学习吧？”

“不学习的话……干吗？”林絮下意识地怔怔开口。

“服了。”叶风摇了摇头感叹道，“能用学习来跨年的，估计全世界就只有你一个。”

“那你回寝室干吗？”林絮反问他。

“我还没想好，”叶风说，忽然眼睛亮了亮，问，“你想不想出去放烟花？”

“啊？”林絮一脸惊讶。

“走呗。你又不是没翻过墙，正好今晚不查寝，咱俩出去多玩一会儿。”叶风挑眉，兴冲冲地对她说。

她没舍得拒绝他，于是再次被他诱导去做了一次违纪的事。

林絮一边满面愁容地翻墙一边想，她到底为什么会喜欢上这样一个永远不按常理出牌的能折腾的人呢？

她跨在栏杆上不敢向下迈腿，叶风站在一旁笑，然后把手朝她伸了过来，说：“别怕，拉住我就行。”

别怕，拉住我就行。

如果真的能一直紧紧地拉住他，该有多好！可惜他就像一阵风一样，她永远都没办法伸手就能拉住他。

在当下，和他的相处，他对她的每一点温柔，都是那样真实而虚幻。她觉得自己像个盗窃时间的贼，拼命地去偷去抢，只是想把和他相处的每一秒钟都紧紧地握在手中，不让它们悄悄溜走。

她一边把手小心翼翼地递给他，一边侧过脸去避开他盯着自己看的晃眼视线。

叶风拉着她的胳膊，终于让她顺利从栅栏门上跨了下来，安全平稳地落了地。

“你这技术还有待提高啊，”叶风眼里依旧满是笑意，“以后多跟我出来玩几次就好了。”

林絮低头不语，身上被冰冷的寒气冻得哆嗦，心里却暖烘烘的。

以后吗？

是啊，他们还有很长很长的以后。虽然他实在走得太快，但只要她再努力一点，更努力一点，拼尽全力紧紧跟上他的脚步，未来就一定不会和他走散。

她不怕苦，也不怕累。

因为他是她喜欢的人。

因为和他在一起的时候，她是真的特别开心。

叶风带林絮去了学校后门附近的一个小超市，说要请她放烟花。

当他站在门口挑选仙女棒的时候，林絮注意到超市里面的墙壁上挂了一个很漂亮的钥匙扣，正好是一个篮球的形状。她很喜欢，打算买下来把它作为跨年礼物送给他。

小超市里面，一个阿姨正一边嗑着瓜子一边看着柜台上的黑白小电视。林絮走过去取下了钥匙扣，问了阿姨价格后直接把钱付给了她。

球形的钥匙扣是中空的，小按钮轻轻一按，空心的球瞬间被打开。也许是为了庆祝新年，球的里面被店家放了一张印着“Happy new year”的红色纸条。林絮忽然想在小纸条上写一句祝福的话送给他，于是拿起柜台上放着的黑色碳素笔，思索了片刻后，小心认真地在小纸条上写下了一句话。

“我买完啦，你还有东西要买吗？”叶风的声音从门口传了过来。

“没有，咱们走吧！”林絮匆匆把纸条卷好塞进空心球里，然后把钥匙扣塞进了衣服口袋，转身朝他走了过去。

小超市门口的甬路上，林絮举着手里的仙女棒，看他用打火机将它一下点燃。

火光“噼啪”亮起来，划破寒冷沉寂的夜，映照在她小巧的脸颊上。

“好看吧？”叶风把自己手里的仙女棒也点燃了，挥动着胳膊，得意扬扬地说。

叶风很认真地盯着眼前的仙女棒，带着一脸满足的笑。他的笑容清澈温暖，比他手里的烟花更加刺眼明亮。

林絮的视线从眼前的仙女棒上缓缓上移，落到了他的侧脸上，唇角不自觉地弯了弯，露出了温柔的笑意。

“好看。”她轻轻地回答道。

叶风忽然转过头来看她，于是她马上移开了目光，认真地去看自己手里闪动着金色火光的仙女棒。

不远处有烟火升起，稀疏的火星窜向四周，重重叠叠地在暗夜里绽放出昼亮动人的光彩。

寒冬深夜里，空荡的大街上寂静无声。只剩下夜空中烟花炸开的声音，和她胸腔里剧烈的心跳声，清晰无比地回响在她的耳畔。

她轻轻地从口袋里把钥匙扣掏出来，递给他说：“新年快乐，给你的礼物。”

叶风一怔，摸了摸后颈，不好意思地说：“你还送我礼物啊，我都没给你准备。”

他笑呵呵道：“那我得给你也回个礼，你想要什么？说吧！”

不用了。

林絮在心里说。

你已经给过我太多太多礼物了。

能够在青春里遇见你，和你相识，这已经是我收到过的最好的礼物了。

“不用了，”她晃了晃手里已经燃尽的仙女棒，“你已经请我放烟花了啊。”

“好吧。”叶风笑着说，伸手去接她递给自己的钥匙扣，刚接过去就不小心碰到了中间的按钮，小篮球被一下打开。

“这还是个带机关的啊，”叶风惊讶地问她，“这里面是什么啊？”

“你打开看看。”林絮把脸埋进羊绒围巾里，故意卖关子说。

叶风一头雾水地把红色纸条打开，看到了写在上面的一行隽秀的黑色英文字迹。

“To win the world.”

去赢过这个世界。

“励志吗？”林絮笑着问他。

“励志。”少年弯起眼睛，勾了下唇角调侃道，“你知道打败这个世界的第一步是什么吗？”

“是什么？”

“打败语文。”他说。

林絮被他逗笑了。

冬日寂静空旷的街道上，寒风将他们厚重的羽绒衣吹得鼓了起来。他们把手插进口袋里，跺着脚仰头去看烟花。

时间一分一秒地流逝，零点马上就要到了。林絮抬起胳膊，把手表的表盘从羽绒衣袖口里露出来，低下头开始用秒针倒数。

正好零点的时候，一大颗烟花在夜空中猝不及防地猛烈炸开，仿若流星雨一下洒满了天际。

叶风偏过头对她说：“新年快乐！”

“新年快乐！”她笑盈盈地看向他，语气温柔郑重。

漫天的烟花雨里，藏匿着她最宝贵的秘密。

你知道吗，叶风？

我喜欢你的第五年，悄无声息地开始了。

第十九章

他从来不喜欢你 /

新年过后，随着期末考试的结束，寒假很快就到来了。

这个假期叶风没有回 F 县，而是住在了在市里的亲戚家。听说一班有很多同学在市里一个很有名的数理化辅导班上补习课，叶风也在其中。

这个假期林絮没怎么出门，出门的时候总是套上一个厚棉袄就走，有时候连头发都只是胡乱扎一下。

因为知道一整个假期都不可能在出门的时候偶遇叶风，所以她暴露了自己闲散懒惰的本性，更愿意待在家里取暖而不愿意去外面挨冻。就算迫不得已要出门，她也会穿着厚重的棉裤和棉袄，要温度不要风度。

元宵节那晚，九梅给她打了通电话过来，对她说元宵节快乐。九梅和她说话的声音很大，却依旧挡不住从话筒另一端传入她耳畔的烟花爆竹声。

“你在外面看烟花吗？”林絮笑盈盈地问九梅。

“对啊，在市中心广场，这儿今晚有烟火秀，人特别多，估计全市人民差不多都来了！”

九梅说着，把手机话筒朝向了远方：“给你听听！”

林絮坐在书桌前，听着手机里传来的噼啪的爆竹声，心里一阵暖意。

全市人民都来了吗？那他是不是也在？

所以现在，她正和他听着同样的烟花爆竹声，感受着同样的热闹场景。

“我弟弟让我去帮他放烟花，一会儿再和你说啊。”九梅喊道。

林絮笑着说好，挂断了电话。

她忽然有点想他。

其实这个假期待在家里的时候，她总是会不经意地想起他。而每当想他的时候，她不知道该做什么，于是近乎本能地掏出课本和练习册去看书和做题。

拼命不断地努力，让自己变得更优秀，一直是她所能够想到的靠近他的唯一方法。

毕竟，其他的方法她都没有胆量去尝试。

她想着，再次把手边的练习册拿过来摊开，认认真真地做起题来。

伴随着林絮充实高效的学习计划表的完成，两个月的假期时间匆匆而过。

高二下学期开学的第一个晚自习，一切跟往常并没有什么不一样。她依旧把语数外三本封面和“寒假新天地”摆在桌子上，准备利用明早检查作业前的晚自习时间速战速决，有用的题挑着做，没用的题抄答案。

一切都没什么不一样。除了，叶风有了喜欢的人。

“惊天大八卦！”班上的许小雨刚走进教室门，就大声地冲前排两个跟自己玩得好的女生喊了起来，“原来叶风和夏茉互相喜欢，我看见他们俩一起去看电影了！”

林絮低头写字的笔尖轻轻颤了颤，笔下的动作却并没有停下。

她不信。

“真的！”许小雨煞有介事地补充，“我亲眼看见的。昨天，在万达广场的电影院，他俩正好坐在我前排，夏茉的头一直靠在叶风的肩膀上。就叶风那张脸，我不可能认错！”

“天啊！不过他俩是挺般配啊！唉，校花校草，男才女貌，要这么说，叶风是不是挖了咱鹿大神的墙脚了？”

“不算吧，鹿鸣和夏茉不是早就闹掰了吗？再说了，我觉得还是叶风跟夏茉更配，两人站一起多养眼啊！”

林絮一边翻着最后几页的答案，一边往试题下方的空白上抄，等她回过神来的时候，才发现自己全都抄串行了。

密密麻麻的数学符号被揉成一团扔进了她的脑子里。

她唰地把“数学新天地”的最后十几页答案纸撕了下来，然后把第一张纸对折，摆在题目的上方抄了起来。

她握笔写字的样子十分沉静，不慌不忙，可她的心却是乱的。

乱，很乱。

他怎么能喜欢夏茉？

他为什么不能喜欢夏茉？

他从来都没说过喜欢你啊，林絮。

黑色中性水笔的笔尖停驻在雪白的纸面上，林絮愣愣地看着笔下的墨渍逐渐晕染开。漆黑的墨渍打湿了她字迹凌乱的卷面，映照出她一颗不安而狼狈的心。

老洛走进班里开始组织纪律，许小雨闭上了嘴巴，乖乖地回到了自己的座位上。

三节晚自习，教室里的同学们各自忙碌着抄作业和补作业，除了写字声和翻书声，林絮再听不到任何人交头接耳的声音。

周遭的沉寂把无数个疑问硬生生地堵在了她的心口。为什么她平时最习惯的自习环境，此刻会让她觉得胸口发闷。为什么每天都充斥于她耳边的写字声和翻书声，此刻会在她的心上留下这样明显而尖锐的刺痛。

为什么没有人继续讲下去了？

为什么没有人能清楚明白地告诉她：你死心吧林絮，叶风的确是喜欢夏茉。

九梅和洛一川走读不在，林絮呆呆地望着眼前两个空荡荡的座位，目光抬了抬，视线晃过了第一排位置上鹿鸣的后脑勺。

鹿鸣。

林絮愣愣盯着他的背影，仿佛下一秒钟自己就要冲过去大声地质问他："你为什么不管好夏茉？为什么要让她和叶风走到一起？"

为什么呢？

课间的铃声响起又停下，仿佛潮涨潮落。她是海面中心沉寂的孤岛，再也听不到任何声音。

数学寒假新天地还停留在最初翻开的那一页，三节课过去了，她不知道自己都做了些什么。

她想去一班找他，理直气壮地大声质问他："你怎么能背着我去喜欢夏茉！"

可她有什么资格去质问他。

林絮，这么多年，你凭什么觉得他就应该是属于你的？他从来没有说过喜欢你。不信你看，他喜欢的是别人。

他从来都不喜欢你。

深夜，寝室熄灯前的卧谈会，一向不怎么爱发言的林絮突然变得格外话多。从寒假热播的电视剧到春晚小品段子，室友们惟妙惟肖的模仿秀让林絮把眼泪都笑了出来。

点点泪光晕湿了她的眼睫，她把泪水含在眼眶里，仿佛是为了逼迫自己相信此刻表演出来的快乐，强忍着不肯让它们流下。

直到寝室长招呼一句"行了行了，睡觉了"，透明的泪水才顺着她绯红的眼角缓慢地滑落，一滴一滴，在她的脸颊上蒸发干涸。巨大的空寂落寞将她吞噬，她的心脏像是被浸泡在了冷水里，一阵一阵地抽痛着。

这一刻她忽然发现，原来心痛并不仅仅是个形容词。原来人的心，是真的会这样痛的。

"你们等会儿！"对铺的女生突然高声说了句，"我想起来一个事情。我今天听人说，叶风和夏茉互相喜欢，还一起去看电影了。这事是真的还是假的？"

"假的吧。"寝室长眯着眼睛，慢悠悠道，"我们家叶风不可能早恋。"

"嘁。"对铺的女生不屑，"该改口了啊，等哪天我告诉夏茉，看她会不会来咱寝室收拾你！”

“我说你们还真是肤浅，一个叶风把你们给迷成什么样了？说白了不就是看人家学习好又长得帅？”上铺女生撇嘴。

“才不是！”寝室长义正词严，“我看的是内涵，懂什么叫内涵吗？”

“得了吧，就是肤浅。他不长成这样你还能喜欢他？行了行了，快睡吧，看你们这点出息。明天给你们介绍几个更帅的，睡吧睡吧！”

直到寝室里鼾声四起，林絮依然睁着眼睛，静静地望着对面窗外漆黑夜色里那一抹昏黄的月亮发呆。

是很肤浅的喜欢吗？

像周围的很多女生一样，不过是看他学习好又长得帅，明天就能喜欢上别人？

这么多年，她对他的喜欢，也不过如此吗？

被云层遮蔽的月亮散发出冷冽的幽光，触手可及的冰凉。透亮的满月仿佛一块幕布，能将很多情绪和回忆清晰地映射出来。

其实她也没那么喜欢他，对吧？

反正他都喜欢上别人了，反正他跟其他男生的眼光也没什么两样，反正他喜欢的人也是那个众星捧月的校花夏茉。

他根本就不值得自己的喜欢。

林絮逼迫自己去想一想他的缺点。仿佛只要这样，就能让自己不再这么难过。

回忆投映在清浅的月亮上，往事如电影镜头般历历在目。那些她越是奋力想要抹去的回忆，越是在这个时候清晰鲜亮起来。

偏偏是这样一些回忆。

初见那日，他站在黄昏时分的光影里笑得眉眼弯弯，惊喜地问她:“你就是林絮？”

那次考试，她不小心坐在了他旁边。他在老师批评她的时候帮她解围，总是在她耳畔喋喋不休地叫着“林絮林絮”，跟她借这个借那个，还跟周围的同学和监考老师介绍说，她就是十班的林絮，作文写得特别好的那个林絮。

忘记收他卷子那次，他不但没有生她的气，反而还注意到她很困，自己去交了卷子，让她抓紧时间先睡一会儿。

体育中考测跳远那天，她站在沙坑前的踏板上哆哆嗦嗦，他在人群里大喊了一声：“你还想不想考市实验了？”

高一开学那天，他噼里啪啦地把手机号输到她的手机里，在她支支吾吾地解释自己烂得离谱的中考成绩时说了一句：“我相信你。”

期中考试过后，她被何渺算计，躲在男生寝室楼不远处的墙角给他打电话，他突然出现在她面前，小心翼翼地把纸巾递给她，带她去教学楼给她讲了两个小时的物理题。

他在英语竞赛报名的时候站起来跟老师对着干，说“您必须给她报上”，还说“不用听她的，她对自己的能力判断有问题”。

她生日那天，他拉着她去串串店吃饭，跟店里的顾客一起给她唱《祝你生日快乐》，温柔笃定地看着她的眼睛说：“你很厉害，真的。”

新年前夜，他对她说“你必须得和我一样骄傲”，带她溜出学校跨年，请她放烟花，在零点的时候对她说新年快乐。

如潮水般汹涌进她脑海里的回忆，偏偏是这些。

跟他的每一次相处，他的每一个表情和动作，她都视若珍宝，在记忆的暗格中小心翼翼地存放。

这些回忆，他都不记得了吧。

你有喜欢过我吗？在你喜欢上夏茉之前，你有一点点喜欢过我吗？叶风？

冰凉的眼泪从眼角不断渗出来，一滴滴钻进她的耳朵里，又凉又痒。

她明明已经窥见天光了，那束光暖烘烘地照耀着她，将她漆黑的世界一点点地打亮。好像只要再努力一点，她就能靠近光，变成光，拥有光了。

然而顷刻间，那束光被他收了回去。他把它送给了另一个女孩，那个真正让他喜欢的女孩。

她的世界再次蒙尘，陷入了一片乌沉之中。

心脏再次不受控制地抽痛起来，她蜷缩在冰冷的棉被里，浑身止不住地发颤。

她想不明白答案。

是她不够努力吗？

她知道，他是那样优秀的一个人。她也知道，想要配得上他，她必须要特别努力才行。她都知道的。

只是，究竟要多努力？

究竟要多努力才能行？

这么多年，她已经这样努力了，为什么还是不行？

其实，他喜欢的女孩，根本就不需要像她这样努力。

因为自己本身就足够好，所以从来都不用考虑自己配不配得上对方。

这样的两个人，才是真正的般配吧？

可惜她偏偏现在才明白这个道理。

林絮一整晚都没有睡着，第二天很早就到了教室。

纷乱复杂的情绪绞着她，让她本就一夜没休息的大脑昏昏沉沉。上午最后一节课快结束的时候，九梅转过头来，向她伸了伸手说：“饭卡给我。”

“中午我去打饭吧。”林絮觉得自己连笑都吃力，扯了扯嘴角说，“你把饭卡给我。”

九梅一愣，她俩说好的轮流打饭，林絮上次不是刚打完一周吗？

食堂。

林絮特意排在了离男生打饭窗口最近的一排队伍里，一边慢慢往前挪动着步子，一边探着头往男生队伍里偷看。

想看见他，却又不想看见和夏茉一起出现的他。

她忽然瞥见了夏茉大方地走到某个男生队伍的前排，一把抢过了洛一川手里的饭卡。

“干吗啊？”洛一川佯怒，“别拿我的，找你家叶风去！”

听到洛一川的话，林絮的神色变了变，连她自己都没有察觉。

“他去给我买零食了。”夏茉眨了眨眼，理直气壮地对洛一川说。

“那也不行。”洛一川伸手就抢。

夏茉往后一躲，直直撞进了身后少年的怀里。

叶风双手提着零食袋子，瞧了眼怀里的女孩，旋即笑弯了眉眼。

林絮没见过他对谁有过这样温柔的笑。

“洛一川欺负我！”夏茉噘起了嘴巴，把手里的饭卡扔给了洛一川，“不用你的破卡了，还你！”

“我冤枉啊叶哥。”洛一川撇嘴皱眉，“你家夏茉先抢我饭卡的。”

叶风依旧笑，把手里的卡递给夏茉：“不用他的，我的上交了。”

夏茉接过卡，笑嘻嘻地伸手抱了他一下，然后马上低下头，羞红了脸。

“太恶心了吧你俩。”以洛一川为首的一众男生满脸嫌弃，大大咧咧地扯着嗓子喊。

林絮魂不守舍，一直在盯着他们看。她的心仿佛一张皱巴巴的纸，被他们的一言一行反复揉搓着，越来越破损，越来越凌乱。

“同学，要哪个菜？”阿姨又大声问了一遍。

“哦，西红柿炒蛋和那个……凉拌土豆丝。”林絮回过神来，“两份都是。”

“你今天怎么了？没精打采的。”餐桌上，九梅一脸困惑地问。

“啊？”林絮抬头，“没怎么啊。”她说着，故作轻松地扯了扯嘴角，“可能是因为昨晚没怎么睡好，感觉头有点晕，待会儿回寝室睡一会儿就好了。”

“好。”九梅应道，忽然想到了什么，眼睛亮了下，说，“我给你讲个八卦吧，帮你提提神。”

“你知道叶风和夏茉是怎么走到一起的吗？”九梅兴致勃勃地说，“据说啊，是在寒假补课班，他们那个数学老师留了一道特变态的题，说能做出来的有奖励，直接放弃的就可以先回家了。结果那天晚上，只有夏茉跟叶风留到了最后，而且夏茉竟然比叶风提前做完了。

“然后两人就一起拿着数学老师给的奖金去网吧打游戏了。

“当晚夏茉就和叶风表白了，说自己喜欢他。”

林絮猛地抬头，一脸惊讶道：“夏茉跟叶风表白？”

“对啊。就夏茉那种既聪明又漂亮的大美女，哪个男生招架得住啊，叶风也一样。”

林絮闻言低了头，愣愣地看着扎在西红柿鸡蛋汤里的筷子。

“你看咱班女生哭天喊地的，说接受不了叶风喜欢上别人。拜托，叶风之前本来就谁也没喜欢过好吗？所以啊，你别……欸！你别哭啊！”

林絮的眼泪“啪嗒啪嗒”地掉进餐盘里，还没等她用手去抹，就被九梅的视线捕了个正着。

“怎么了？”九梅焦急地从书包里抽出两张纸巾递给她，小心翼翼地问，“你不会真喜欢叶风吧？”

“哪有。”林絮抹着眼泪，扯出个笑来，“我才没那么肤浅。”

“吓我一跳。”九梅松了口气，“你到底怎么了？”

“没事，就……刚刚打饭的时候有个人插队，吵了一架，心里有点不舒服。对了，湖南台寒假播的那个古装剧，你看没看？”

“哪个哪个，杨幂演的那个吗？”九梅顺利被她带跑话题。

吃完午饭后，林絮让九梅先回寝室，自己踱着步子，在校园树荫下的甬路上散了会儿心。

细碎的阳光透过青绿的叶子，在水泥砖铺砌的橙黄色路面上投下一弧弧阴影。

她用手遮挡住眼睛，缓缓抬起了头。曾经，头顶的阳光那样强烈地刺痛着她的眼睛，她都舍不得闭上眼睛不再去看他。

如今，树叶上方光影交错的天空却仿佛一个让人走不出去的迷宫。他将她拉了进来，却独自转身离开。

她被他丢弃在了这样的一个迷宫里。

她闭上了眼睛，在心里对他说，叶风，从今天开始，我不会再喜欢你了。

我曾经喜欢你，那样喜欢你。

幸好你从来都不知道。

可惜你从来都不知道。

第二十章

我真的好讨厌你 /

夏茉成了林絮心里拔不掉的一根刺。

这根刺扎在她的心里，会在她解析几何做不出来或者历史选择题错十几道的时候隐隐作痛。

开学两个月来，她像是憋着一股劲，对自己越来越狠。

她嘴上说着不在乎，心里却把夏茉当成了假想敌，逼着自己一定要比夏茉优秀，让叶风后悔。

无数个晚自习，她累得瘫倒在桌子上，看着眼前写满密密麻麻字迹的数学演算纸，忽然有些恍惚。

她到底在做什么？

如果已经不喜欢他了，那么她为什么还要在心里跟夏茉较劲，仅仅是因为不甘心吗？

如果已经不喜欢他了，那么她为什么还是发自内心地希望他们不幸福，同样也是因为不甘心吗？

如果已经不喜欢他了。

或许是因为在人群中捕捉他的背影已经成了她下意识的习惯，开学以来，她经常能看到他跟夏茉在校园里并肩而行的一双身影。

她总是会隔一段距离，默默地走在他们身后，然后目不转睛地去观察这个叶风喜欢的女孩子。

教导主任不让女生散发和烫发，偏偏夏茉永远披散着一头蓬松的栗色卷发。有一次，教导主任堵在教学楼门口检查仪容仪表，她亲眼看见夏茉在快要走到楼门口的时候，用套在手腕上的发圈将脑后的头发轻轻一拢，然后揪着发梢跟教导主任撒娇说："老师，我这头发是天生的自来卷，真的。"

夏茉的皮肤很白，听说她还会偷偷化妆。在那个年纪的林絮还不知道化妆到底是什么的时候，夏茉已经开始往脸上抹粉底液和腮红了。她笑起来的时候眼睛亮亮的，脸颊上有浅浅的梨窝。

很多人说夏茉跟叶风有夫妻相。在林絮看来，不过是因为两个人笑起来都格外好看罢了。

然而这样骄傲美丽的女孩子，叶风凭什么不喜欢?

她多值得被喜欢啊。

其实相较于嫉妒，林絮对夏茉更多的情绪，是可望而不可即的羡慕。

她忽然想到了九梅。

九梅已经很久没再穿别扭的白裙子了，桌箱里的零食也囤积得越来越满，跟洛一川的相处更是恢复了每天一小吵一周一大吵的正常状态。

九梅说，她努力过了，但自己实在不是洛一川的菜，所以，她放手了。

可是，究竟怎样才能真正做到洒脱放手呢?

期中考试过后，学校组织高二年级最后一次集体去看电影。在路上，林絮问九梅：“如果你有一个很喜欢的人，但是他不喜欢你，你怎么样才能不再去喜欢他呢？”

“他不喜欢我，我为什么还要喜欢他？”九梅撇撇嘴，“如果他不喜欢我，那他就是没眼光的人渣，配不上我再正眼瞧他一眼。”

九梅是个说谎精。

因为他们看电影刚回来，她就露馅儿了。

看了一场电影，洛一川失踪了，一整个下午都找不见人影。

“不会出什么事了吧？”林絮皱眉。

“他那么大个人能出什么事啊？”九梅不屑，却跟在几个班委身后，在校园里找了他整整两节课。

然而九梅刚一回班，就听见班上的女生说：“听说了吗？有人看见洛一川是跟着叶潇走的。”

“我猜肯定是两人趁老洛出门进修，偷偷跑出去约会了，鹿鸣还非得找人！”

九梅埋起头趴在桌子上，后背微微抽动。林絮隐约感觉，她在哭。

然而当林絮轻轻拍了拍她的背时，她却摇摇头示意自己没事，爬起来继续看起了书。

直到下午最后一节自习课的铃声响起时，洛一川终于一瘸一拐地走进了教室。

“你去哪儿了？没事吧？”林絮着急道。

“没事。”洛一川“嘶”了一声，林絮这才注意到他的左胳膊上有长长的一道破了皮的擦伤。

“你这怎么弄的？得去医务室处理一下！”林絮吓了一跳。

“我去了，没开门。”洛一川叹气，“等待会儿放学，我去外面药店买个红药水。”

“你去跟鹿鸣说一声吧，咱班班委下午一直在找你。”

“找我？找我干吗？”洛一川一惊，解释道，“唉，因为高考报志愿的事，叶潇跟她家里人吵架了没来上课，叶风找我去劝劝她。结果那个傻妞，走路不看路，差点被摩托车撞上。我帮她一挡，不小心摔了，胳膊就成这样了。”

林絮听着，没再作声，只是一直看着一言不发正在低头做题的九梅。

“欸，数学卷子发了吗？”洛一川碰了碰九梅的胳膊，“你是不是藏我卷子了？赶紧交出来。”

“我藏啥！”九梅大声吼道，突然红了眼圈，趴在桌子上“呜呜”哭了起来。

洛一川吓得一愣，转头问林絮：“她抽什么风？我没怎么她啊。”

你真的不知道吗？

林絮跟洛一川大眼瞪小眼了半晌，终于缓缓开口说：“九梅下午找了你两节课。”

“找我……干什么？”

洛一川还没反应过来，九梅就突然坐了起来，从桌箱的纸巾包里抽了一张纸巾出来，然后拧开矿泉水瓶盖倒了点水上去，一把扯过洛一川的左胳膊，用沾了水的纸巾轻轻帮他擦拭伤口上的泥土和沙。

洛一川愣愣地望着九梅不断有泪珠滚落的通红的眼睛，一动不动，仿佛变成了一座石雕。

九梅的动作很轻，甚至还会对着伤口轻轻地吹一吹。

林絮没见过这样耐心细致的九梅，更没见过乖得像小白兔一样不吱一声的洛一川。

洛一川的眼神里忽然涌现出一种复杂的情绪，林絮看不明白。

他没有躲开，没有抢过纸巾说他自己来。

他只是静静地看着九梅。

所有人都知道，洛一川喜欢叶潇。林絮私底下却希望，洛一川能喜欢上九梅。

晚自习的时候，窗外突然电闪雷鸣，大雨倾盆而下。

下课铃响后，林絮依旧坐在教室里继续做题，等到人都走光了才离开。

反正她在教室里备着雨伞，不用害怕雨会下得更大。

然而刚一走到教学楼门口，她就在躲雨的三两的人群中看见了叶风。

她本来想直接撑伞离开的。

但他没带伞，半边的T恤被雨打湿了，而且他一直在咳嗽，嘴唇也干裂发白。

“叶风，你没带伞吗？”她犹豫了半晌，终于还是走了过去。

“是啊，没想到突然下雨了。”他瞥见她手里的雨伞，惊讶道，“这大晴天你都带着伞，也太有先见之明了吧。”

说完，他又咳了好几声。

“你感冒了？”

“唉，昨天打完球冲了个凉水澡，冻着了。”他咧开嘴笑起来，笑得依旧澄澈好看，让她眼前蒙起水雾，心中一阵酸涩。

“我这个伞挺大的，要不我们一起回宿……”

“叶风！”夏茉气喘吁吁地跑了过来，“我借了一圈都没借到伞，怎么办啊？都怪你非得把刚才那道题做出来再肯走，现在雨下得都这么大了。”

“我的伞借给你俩吧。”林絮顿了顿，扯了扯嘴角说，“我朋友也带伞了，她去厕所了，等会我跟她撑一把就行。”

“真的啊？谢谢你啦同学！”夏茉热情地把伞接了过去。

看到叶风眼中的一抹犹疑，林絮笑着冲他点了点头：“快走吧，明天记得还我。”

于是她站在门口，目送着一双背影渐行渐远。

隔在她和他们的背影之间的，是细密的雨幕。雨幕朦胧，将她和他们隔绝在了两个世界之中。

她被他遗落和丢弃在他身后的世界中。

远方路灯的幽暗灯光在大雨的冲刷下一闪一闪的，像是哭红了眼的孩子朝她眨巴着眼睛。大雨如注，滴滴砸向路面，仿佛永远都不会停。

总有一天会停下的吧？

雨水顺着她的发梢滴落，她移开了挡在头顶的书包，任湿透的衣裤紧贴在自己的身上。仿佛这样就可以冲刷掉她一身的疲乏和难过，让那些她再不愿想起的心事慢慢消失融化。

青春里的这场大雨，终有一日会停下。

然而林絮还是高估了自己的身体素质。

第二天一早，她就开始鼻塞嗓子疼了。

昨晚的一场雨让她把英语课文还没背的事彻底抛却脑后。英语课上，英语老师踩着高跟鞋破门而入，开口的第一句话就是："林絮，第一段背诵。"

她心虚地站起来，吸了吸鼻涕，低头不说话。

"背没背？"英语老师清冷的嗓音响起。

林絮摇头。

"可以啊林絮，自己觉得自己的水平不需要背课文了是吧？"英语老师白了她一眼，"鹿鸣，第一段。"

鹿鸣缓缓起身，张口来了一句："Sorry."

英语老师把手里的课本啪地摔在了讲台上。

"不是吧。"洛一川小声跟九梅嘟囔，"我昨晚在寝室亲眼看着鹿鸣背的。"

"洛一川，你来背。"

洛一川猛地起身，扶了扶桌子，磕磕巴巴地背了起来。

洛一川背完，英语老师斜了鹿鸣和林絮一眼："你俩，晚自习之前，去办公室找我背诵。"

晚饭时间，教室里只剩下林絮和鹿鸣。

林絮嗓子疼得难受，趴在桌子上默背课文，瞥见鹿鸣朝她走了过来。

“我去超市买晚饭，要帮你带吗？”

她摇头。

“感冒了？”

她点了点头。

鹿鸣没再说话，转身离开。他回来的时候，帮她带了一个三明治和一盒感冒药。

“谢谢啊。这些，多少钱啊？”她问。

“没事。”鹿鸣朝她淡淡笑了下，转身回到了座位上。

林絮望着他的背影，有些讶异，又有些感慨。原来鹿鸣也有这样热心的一面。所以，夏茉，你为什么就是不喜欢他了呢？

林絮发烧了。

下午自习课的时候，她收拾好书包，打算去医务室输个液退烧。然而刚走进医务室，她就看见了正挂着吊瓶单手打游戏的叶风。

“你怎么了？脸怎么白得跟纸似的啊，感觉你下一秒就要晕倒了。”他看到了她，抬眼问道。

“没事，就是有点发烧。”她的嗓子哑哑的，声音也有些发虚，“你感冒还没好？”

“是啊。”叶风无奈地撇嘴。

林絮在叶风旁边的病床上坐下，小护士来给她扎针的时候，叶风突然停下了手里的游戏，探着脑袋一脸好奇地凑过来看。

“你干吗？”她问。

“你们女生不是都怕扎针吗？看你怕不怕。”他说。

幼稚。

林絮身子一躲，手背被小护士狠狠地拍了一下：“你别动啊，本来你这血管就难找，你一动我更扎不好了！”

林絮乖乖地不再乱动，小护士却在连戳了好几针后，叹了一口气说：“换只手吧。”

于是林絮无奈地把另一只手伸了过去，瞥见叶风皱起了眉头。

“没见过你这么不怕疼的。”小护士见她一声不吭，尴尬地笑了笑，扎了几针依旧没找到血管。

“她不是不怕疼，她是能忍。”叶风叹了口气，“姐你别扎了，叫你师傅过来。”

等到小护士离开，叶风冷着脸问她道：“她明显技术不行啊，你还乖乖等着让她一遍遍地扎你？”

林絮笑笑。

你能别管我的事吗？

求你。

扎好了针她就翻开政治书看了起来，叶风从游戏机里猛地抬头，摇着头叹了口气，嘟囔了一句“服了你了”，然后把游戏机调成了静音。

中途林絮去了趟厕所，当她单手举着吊瓶从洗手间出来的时候，远远地看见夏茉正坐在叶风的床上。

输液室里人不多，夏茉伸手摸了摸叶风的额头，动作亲昵。

她看着他们，心中翻涌起一阵酸涩，举着吊瓶的手不自觉地坠了下来。

“哎呀，小姑娘，厕所门口那个！回血啦，赶紧把吊瓶举起来啊！”一个路过的小护士大喊一声。

林絮怔怔回神，低头发现红色的血竟然已经充满了半个输液管，连忙把手里的瓶子高高地举了起来。

她看到叶风和夏茉的目光同时落在了自己身上。

她走回到床位上，把吊瓶挂好，尴尬地冲叶风笑了笑。

“你是烧傻了还是学傻了？手上挂着水都能忘？”叶风问她。

夏茉打量了她一眼，然后转过头跟叶风说：“我先回去上自习了，你记得把药吃了。”

叶风点点头，目送夏茉离开。

“欸，夏茉带了零食，”叶风指了指床上的大包裹，“你要吃点吗？”

林絮摇头，想扯出个礼貌的微笑来，嘴角却总是下坠。

谁要吃夏茉带的东西？！

她合上书说困了，背对着他侧卧在了病床上，终于，闭上眼，让泪水从眼角慢慢地渗了出来。

叶风，我真的好讨厌你！

第二十一章

无法拒绝的一支笔 /

期末考试结束后，林絮一直待在家里，半个多月都没怎么出门。她偶尔下楼去小区门口买零食和日用品的时候，总是能听见小区里的叔叔阿姨们议论今年考上北大的市文科高考状元叶潇。

“小姑娘不光学习好，长得也漂亮。看看人家父母多会生，生出来个这么优秀的孩子。”

“听说她有个弟弟成绩也可好了，小伙子长得也精神，看人家的家族基因！”

林絮想，如果是以前，能够在小区邻居们口中听到任何关于叶风的只言片语，她大概都会窃喜一番，甚至十分骄傲自豪地在心里夸赞自己眼光好。

可如今她却不想听到任何和叶风有关的话了。心中难忍的酸涩无时不刻不在提醒着她，叶风是个和她无关的人。

一个从来都不属于她的人。

假期的第四周，林絮接到了九梅的电话。九梅说想来 F 县找她玩一天，她开心地答应，开始计划带九梅去哪里玩。

F县实在太小，没有什么娱乐场所，唯一一个大型的商场也还没有建成。只有县城的中心位置有一个不小的绿岛公园，里面有一些简单的健身器材，还有音乐喷泉、小吊桥和环形长椅。

绿岛公园的对面是绿岛小区，叶风和叶潇的家都在里面。

公园的长椅上，林絮和九梅咬着雪糕，抬头去看不远处随着音乐而起伏涌动的喷泉。

公园音响里播放的歌曲，是电视剧《仙剑奇侠传》的插曲《一直很安静》。

那天九梅出奇地安静，话不怎么多。林絮也一样安静。

九梅的目光总是时不时地穿过起落的泉水，落到绿岛小区门口悬挂飘动的巨型红色幅条上，上面印着“恭祝我县叶潇同学成功被北京大学录取”一行大字。

林絮的目光则透过飘扬的横幅，落在了小区里一排排的居民楼上。她不知道哪一户是叶风的家，但自从认识他开始，她就很喜欢来绿岛公园闲逛散步。

以前每逢寒暑假的时候，妈妈总是强制要求她每天必须出门锻炼两个小时以上。她每次都本能地跑来这里，只为了有万分之一的概率能够和他偶遇。

这里的天空、喷泉、吊桥、长椅、卖棉花糖和冰激凌的小贩卖机，没有一处不被染上他的影子。

林絮想，如果生活是一张白纸的话，她的生活大概是一幅黑白相间的潦草简笔画。可他的却是彩色的，哗地泼洒到了这张白纸上，于是她的生活全部被染上了他的色彩，没有一处能够幸免。

“林絮你知道吗？喜欢上一个人的感觉真的特别无力。我无力不是因为他不喜欢我，我无力是因为，他喜欢的人我永远也比不上，无论再怎么努力都还是比不上。”九梅忽然开口说。

林絮心上一颤。

她想和九梅说，我知道的，我知道你究竟有多无力，因为我也和你一样。

她揽过九梅的头，让九梅轻轻地靠在自己的肩膀上，听见音响里的歌声在耳畔一遍遍地回响。

“给你的爱一直很安静，来交换你偶尔给的真心。明明是三个人的电影，我却始终不能有姓名。”

初一那年，她看《仙剑奇侠传》，觉得叶风吊儿郎当的样子和李逍遥很像。他们一样真诚热烈，一样直白莽撞，终有一日会成为很厉害的大侠。

那时候她以为自己会是赵灵儿。

现在她才知道，原来她的角色是林月如，又或许连林月如都远远算不上，只能算是个没有姓名的路人甲、乙、丙、丁。

他是她青春故事里唯一的主角，而在他的青春故事里，她却从来都无法留下一个姓名。

林絮和九梅在绿岛公园待到了晚上，九梅坐上回市里的大巴车后，林絮忽然接到了正在值夜班的妈妈打来的电话。妈妈说，自己的一个同事下午联系了叶潇，想让叶潇找时间给她的孩子补习一下文综的课程。妈妈听了很心动，于是问林絮想不想也找叶潇辅导几节课，学习一些关于高三文综的答题方法。

林絮犹豫了片刻，还是点头答应了。她说她想去。

其实林絮对叶潇一直很好奇。在她的心里，叶潇一直都是一个遥不可及的女神，高高在上，闪闪发光。

叶潇既聪明又长得好看，就像造物主创造出的完美作品一样，就像……她的弟弟叶风一样。

想到这里，她摇了摇头，不禁苦笑。

究竟要等到什么时候，她才能不再一次次地想起他。

自从知道叶风喜欢夏茉之后，她就一直刻意避免着再和他产生任何交集，尽最大的努力让叶风这个人不再出现在自己的生活中。

可惜她回避得了眼前的叶风，却回避不了心里的叶风。那个叶风就像她心上被划开的一道伤口，一不小心就会被触碰到，无可避免地牵扯出一阵疼痛。

她不知道这道伤口究竟什么时候才可以痊愈。

一周后的某个下午，林絮按照妈妈告诉她的地址，出发去了叶潇的家。抵达后，她站在门口敲了敲门，来开门的正是叶潇。

“进来吧，不用换拖鞋。”叶潇友善客气地朝她笑了下。

林絮礼貌地点了点头。

叶潇的爸妈都没在，林絮走进书房，和叶潇一起坐在书桌前。

林絮把历史课本摊开放在桌面上，一边听叶潇给她讲历史的背书和解题方法，一边用视线的余光打量着书桌附近的陈设和物品。

书房里陈设简单，黑白水墨画般的结构布局，乳白色的组合书桌上整洁干净，物品摆放十分整齐。只有一支绿色的荧光笔夹在了书桌和墙壁之间的缝隙里，有些显眼。

“我想找支荧光笔……”叶潇忽然说，在手边的笔筒里翻了一会儿，依然没有找到。

林絮早就注意到了那支夹在缝隙里的绿色荧光笔，站起来俯身将它拿了出来。

“学姐，这儿有一支。”她说。

“啊，对。”叶潇忽然想起来什么，“这支笔是叶风的。上次他在这儿学习，给落下了。”

林絮心猛地跳了一下，忽然感觉到自己握着笔的手指无意识地颤了颤。

“你和叶风认识吧？我记得他和我提过你，说你作文写得比我好多了。”叶潇笑着说。

“没有，还是学姐你写得更好。”林絮连忙虚心解释，心口却忽然有些发酸。

叶潇没再说什么，从她手里接过了笔，开始给她画历史书上的重点。

“你平时用荧光笔画课本吗？”叶潇忽然开口问她。

“我不用，我一般都是用红蓝黑三种颜色的水笔画。”林絮回答道。

“那这支笔你拿回去用吧，我觉得比水笔好用，看着更清晰。”叶潇说。

林絮一怔，忽然说不上心里什么滋味。

“他不用了吗？”她犹豫着问。

“他自己都数不清楚自己究竟丢过多少支笔了。没事，你拿去用吧。”叶潇漫不经心道。

林絮盯着叶潇手里的笔，小声地向她道了个谢。

叶潇给林絮讲完知识点和复习方法后，两个人坐在座位上闲聊了一会儿。

“你有喜欢的人吗？”叶潇忽然问。

林絮犹豫片刻，突然不知该怎么回答。

“我不会问你他是谁，也不会和别人说。”叶潇忽然笑了，弯着眼睛说，“你只需要告诉我，有还是没有，就行了。”

林絮诚实地点了点头。

生平第一次，她用这样的方式，把自己的秘密交付给了一个不太熟悉的学姐。

叶潇又笑起来，坦诚道：“我也有。”

“但他有喜欢的人了，他不喜欢我。”叶潇扯了下嘴角，露出了略带苦涩的笑意。

原来叶潇也会爱而不得。

原来这就是叶潇一直拒绝洛一川的原因。

林絮沉默了片刻后，小心翼翼地开口问道：“学姐，你喜欢的那个学长，他是个什么样的人啊？”

“他吗？”叶潇思索了片刻，回答道，“我还真不知道该怎么去形容他。”

“他很特别，在这个世界上的所有人之中，他是唯一一个无法被归类的存在。”叶潇说着，神色变得温柔，“任何人都不是他。”

他是唯一一个无法被归类的存在。

任何人都不是他。

林絮想，她喜欢的那个人，又何尝不是这样。他永远无法被归类、被复刻、被替代。

或许这个世界上的确有比他更优秀的人存在，但任何人都不是他。

可那又能怎么样呢。

他有喜欢的人了，他从来都不喜欢她。

“算了，不说这些了。”叶潇开口打断了她的思绪，“咱们今天就先到这儿吧，你回去消化消化，有不懂的问题再打电话问我。”

林絮回过神来，点了点头。她看到叶潇扣上了荧光笔的笔帽，顺手就要把笔扔回到笔筒里。

林絮忽然喉咙一紧，不知该怎么开口，只是视线紧紧地黏在叶潇手中的荧光笔上，盯着看了好久。

她不是不能自己去买一支荧光笔。

然而她想要的这支笔，她买不到。去任何地方、花多少钱，她都买不到。

注意到她反常的举动，叶潇愣了愣，很快便反应了过来，把手里的笔递给了她：“不好意思啊，我一说话就差点给忘了，你拿回去用吧。”

林絮尴尬地笑了笑，把笔接了过来。

回到家后，林絮把荧光笔从书包里掏出来，轻轻地放在了书桌上。

她静静地盯着这支笔看了很久，终于肯在心里认输投降。

无论她在心里告诉自己多少次，不要再去喜欢他，回归到现实世界中，她却还是连一支小小的笔都拒绝不了。

第二十二章

如果你喜欢我的话 /

高三上学期开学不久，市实验迎来了秋季的校运动会。

一场秋雨过去，潮湿的凉风卷着枯黄的落叶掠过整个校园。看台上方高高悬挂的红色横幅被风吹得飘扬鼓起，伴着风声呼呼作响。

林絮和九梅抱着坐垫和水杯来到体育场时，操场上和看台上都还没什么人在。她们按照班牌找到了十六班在看台上的位置，挑了两个座位坐了下来。

九梅从自己家的小超市里搜罗了一大堆零食带了过来，架势像是小学生准备开新年联欢会。她把一袋薯片递给林絮，又从塑料袋里拿出一瓶冰镇矿泉水，仰起头“咕咚咕咚”喝了好几口。

“你怎么大早上的就喝冰水啊？”林絮皱眉说，“别喝了，我这儿有常温的水。你待会儿还跑 3000 米呢，别把肚子给喝难受了。”

“没事，我这体格，结实着呢。”九梅挑眉，突然凑近她的耳畔，小声地说，“我这两天快来‘大姨妈’了，不过今天上午应该来不了。”

林絮闻言恨不得上手去打她，一下把她手里的矿泉水瓶抢了过来：“别喝了！”

九梅无奈耸肩，抬手摸了摸林絮毛茸茸的刘海。

早上七点钟，体育场里的人渐渐多了起来。

等看台被学生们陆续坐满后，主持人站在主席台上调试了一下话筒，宣布运动会开幕式正式开始。

早上七点半，伴随着校长和体育生代表发言的结束，各个班级队伍的走方阵仪式正式开始。

每班十六人的方阵队伍，林絮和九梅都没在内。音响里激昂的音乐声震耳，主持人拿着话筒，站在主席台上感情饱满地念着每一个路过主席台的班级方阵队伍的解说词。

高三（1）班的方阵队伍从十六班的看台位置前经过时，九梅忽然兴奋地碰了下林絮的胳膊："哎，你看夏茉又把头发给染了！跟之前的颜色不一样了！"

林絮怔怔望了过去，看见了正站在方阵队伍最前端举牌的夏茉。她穿着白色衬衫、粉色百褶裙和长筒裤袜，身形高挑，双腿笔直。她头发的颜色更浅了些，在阳光的照射下散发出棕色的暖光。波浪长发被她束成了高马尾，随着她前进的脚步在脑后晃动着。

这才是他喜欢的女孩子该有的样子。

这才是和他相配的女孩子该有的样子。

林絮正愣愣出神，忽然余光瞥见九梅捂着肚子弯下了腰。

"你怎么了？肚子疼？"林絮一惊，紧张问道。

"呃，我'大姨妈'好像提前来了。"九梅咬着嘴唇，额头微微有冷汗渗出。

“待会儿就该我跑了，怎么办啊？”她皱着眉问。

“你先忍一下，我去医务室给你买个止痛药。”林絮猛然起身说。

“不用去医务室，我书包里有布洛芬，你回教室帮我拿一下吧，教室更近点儿。”

“行，你再忍一会儿。”林絮说完，便起身几步走下了看台的台阶，朝教学楼的方向跑了过去。

林絮跑回班的时候，发现洛一川正好在座位上收拾东西，还没去操场。

“你怎么回来了？”洛一川见到她，惊讶地问。

“九梅肚子疼，我给她拿片药。”林絮边说边急匆匆去翻九梅座位上的书包。

“她怎么突然肚子疼了？严重吗？去医务室看了吗？”洛一川凑过来和她一起翻，连珠炮似的问道。

林絮一脸尴尬，不知道该怎么解释，应付道：“挺严重的，但不用去医务室。”

“不是，”洛一川满脸不解，“严重为什么不去医务室啊？她到底为什么突然肚子疼啊？”

林絮忽然抬起头瞪他。

他被瞪了两秒后，恍悟道：“她……那个？”

林絮点了点头，无奈补充道：“她刚才还喝了瓶冰水。”

“她是不是脑子有病啊？”洛一川爹毛了，“每次都疼，每次都不长记性！活该她疼死！”

洛一川嘴里说着狠话，却比林絮抢先把药攥进了手里，转身就快步跑出了教室。

“我给她送，我比你快！”他说。

“你小心点腿！”林絮看着他的背影嘱咐道，心上却忽然一暖。

自从九梅上次帮他处理过伤口之后，林絮就注意到他对九梅的态度发生了很微妙的变化。他刚刚表现得有多么焦急和生气，估计连他自己都没有意识到。

林絮在心里默默祈祷，洛一川，请你快点喜欢上九梅吧。九梅真的是一个很好的女孩，而且，她是真的很喜欢你。

林絮想着，把自己搭在椅背上的毛绒外套拿上走出了教室，打算待会儿给九梅披一下。

她没想到，自己刚走出教学楼就正好迎面撞上了叶风。他手里拿了瓶水，从不远处校园超市的门口走了过来。

林絮下意识地偏了下头，想装作没有看到他，却被他一声喊住。

“去操场吗？一起去？”他乐颠颠地跑了过来。

林絮抿了抿唇，手指下意识地蜷缩了一下，拒绝的话没能说出口。

耳畔风声呼啸，枯黄的树叶被风卷起，在半空中不断飞旋。叶风抱了抱胳膊，被扑面的凉风吹得打了个哆嗦。林絮注意到，他只穿了件很薄很薄的衬衫。

“你怎么穿这么少啊？”她没忍住，开口问他。

“我穿了件特厚的毛衣来的，”叶风双手上下搓着胳膊，身体抖了抖，“刚才我们班一哥们儿跑 3000 米，他穿得太少了，我就把毛衣脱下来先给他穿了。”

林絮心上微微一颤。

“没事，”叶风看着她，咧开唇角露出好看的笑，“待会儿到操场我就有衣服穿了，我把校服外套扔看台上了。”

“那咱们快点走。”林絮下意识地加快了脚步，忽然注意到自己手里的毛绒外套，犹豫了一下，问，“我这儿有件外套，你要不要先披着？”

“你这外套也太小了，”叶风笑，“没事，我身体素质好，抗冻。”

林絮“嗯”了一声，没再说话。

“你怎么才从教室出来？”他问。

“九梅肚子疼，我回教室帮她拿个药。”

“这样啊，”他说，“我记得她今天上午跑3000米，那她还能跑吗？”

“不知道。”林絮摇头。

“你们班有人能替她跑吗？听说你们班女生身体素质都不太行，每次运动会长跑都没人报。”

“不行就我替她上吧。”林絮说。

叶风一脸难以置信地盯着她看，拆台问道：“你怎么上？

“800米跑两圈你都跑得撕心裂肺，那是3000米，七圈半，你真以为自己能坚持下来啊？”

“没关系。”

林絮在心里说，怎么跑都是我的事，和你没关系。

林絮回到看台时，体育场上已经十分热闹。看台上人声嘈杂鼎沸，田径跑道上也有学生来回穿梭。在操场的中间位置，跳远、标枪和铅球等运动项目正在陆续进行着。

林絮走到座位上，没看见九梅，只看见了坐在九梅的位置上正低头喝水的洛一川。

“九梅呢？”她问。

“我让她回寝室歇着了，今天这天气太凉了，她扛不住。待会儿3000米陈青青说可以替她跑。”

林絮点了点头，在他旁边的位置上坐下。

“你帮她看着东西吧，我去找一班那帮哥们儿玩一会儿。”洛一川站起来说。

林絮应了声好，起身给他让了下位置。

“咱班还有谁能替纪九梅跑吗？”看台第一排的防护栏前，体委姜明宇忽然扯着嗓子喊了一句。

看台上分散坐着的女生们正在闲聊和吃零食，姜明宇喊了好几遍，依旧没有人接话。林絮见状站起身来，走下台阶问姜明宇道：“九梅的项目没人跑吗？”

“本来陈青青说能替她跑，但她刚才跳完远之后说脚腕有点扭着了，没法跑了。”

“我去吧。”林絮说着，还没等姜明宇反应过来，便接过了他手里的别针和号码牌。

赛道最里侧的检录帐篷外，林絮正低着头在桌子上填写班级和号码，忽然听见身后有人喊了一声自己的名字。

她转过头去，发现站在自己身后的人是在分班不久后转回了理科班的姚婷婷。

“林絮，怎么是你跑啊，你们班不是九梅跑吗？”姚婷婷问她。

“九梅今天肚子不舒服，我替她跑。”林絮说。

两人填完了信息，一起走到赛道起点处各自的位置上，姚婷婷的位置就在她的旁边。

“我跑这个项目压力还挺大的。”姚婷婷一边做热身运动一边说，“毕竟上次春季运动会，男子和女子 3000 米我们班都是第一。

“上次跑女子 3000 米的是夏茉，跑男子 3000 米的是叶风。”

林絮心上颤了颤，没多说什么，轻轻“嗯”了一声。

“你说他们俩怎么能这么配呢？长得好，学习好，体育还好。唉，好像两人刚出生的时候就已经被老天爷给配成一对了。”姚婷婷摇着头感叹道。

姚婷婷的话就像一根针一样，一下又一下地刺在了林絮的心上。

曾经的她有多么喜欢侧着耳朵听姚婷婷讲校园里的八卦，此刻的她就有多么想用双手捂住自己的耳朵。

好像只要她捂住耳朵不去听，叶风和夏茉之间的种种就都不曾发生过。

只要她捂住耳朵不去听，叶风就永远都还是只属于她。

其他运动员陆续在起点处站好，裁判老师拿着发令枪走了过来，宣布比赛即将开始。

预备枪声响起，林絮深吸了口气，缓缓蹲下准备起跑。第二声枪声响起，林絮猛然起身，跟着周围的人群一起冲了出去。四周的脚步声纷至沓来，其他运动员一个接一个地超过了她，在她的视线里留下了重重叠叠的背影。

然而这些背影在她的眼睛里却都是模糊不清的，像幻影。她的目光唯一紧盯的，是那个跑在第一位的女生的背影。

姚婷婷说，夏茉上次 3000 米跑了第一名。

林絮在心里计算着自己和这个女生之间的差距，仿佛这也代表了自己和夏茉之间的差距。

她喜欢叶风，想让叶风也喜欢她。从那一刻起，她就给自己列出了很多个她需要满足的被爱的条件。

要成绩优秀,要长得漂亮,要性格开朗自信,要人缘好,要体育好……

想要满足其中的任何一个条件，她都必须得付出巨大的努力才行。然而这些年来，她这么努力，努力了这么久，除了学习成绩还可以之外，其他的条件她都还是没有办法满足。

可夏茉却轻而易举地满足了以上所有的条件。

夏茉不用付出和她一样多的努力，因为夏茉生来就优秀漂亮、开朗自信、人缘好、体育好。

可她就是不甘心。

林絮想，夏茉能轻轻松松做到的这些事，只要她拼尽全力，也一样可以做到。

她一定要做到，要证明给叶风看，让他知道她并不比夏茉差。

耳边是看台上传来的起此彼伏的呼喊声，林絮盯着跑在第一位的女生越来越远的背影，忽然蓄力加速，咬着牙向前方不管不顾地飞奔了过去。

她逼着自己一圈接着一圈地跑了下来，胳膊和双腿依靠她的意志力强行摆动着，仿佛永远不会停下的时钟指针。终于，跑在她前面的人被她一个接一个地超越，还有大半圈，还有大半圈她就可以超过那个跑在最前面的女生了。

她忍着喉咙里撕裂的疼痛和口腔里的血腥味，迈着灌了铅一样沉重的双腿拼命地向前飞奔。快要经过一班看台的时候，下意识地，她抬眼朝一班看台的方向望了过去。

好像只要她看一眼他，只要她看一眼他，她就能拼着力跑得更快一点，再快一点。

要坚持下去，要跑第一名，要证明给他看。

遥遥地，她在一班看台一侧的楼梯上捕捉到了一双熟悉的背影。叶风和夏茉正迈着台阶往女生寝室楼的方向走，夏茉正仰着头和他说着什么，他侧头倾身听着，看向夏茉的目光里满是耐心和温柔。

林絮忽然一步都再也迈不动。

她在心里问自己，林絮，你到底想向他证明什么呢？

难道你还不明白吗？

你拼尽全力想要向他证明的东西，在他的眼里从来都是毫无意义的。

因为他喜欢的人是夏茉，不是你。

她思绪恍惚，步速无意识地减慢，仿佛浑身都卸了力。四周有其他运动员经过，她猝不及防被人蹭撞了一下肩膀，双腿一软，猛地摔倒在了跑道上。

撞到她的人身形一顿，匆匆说了句“对不起”后，马上继续朝终点跑了过去。

周围，无数脚步声再次从她的耳畔掠过。

“林絮！”遥遥地，十六班的看台上有女生用焦急的语气喊她的名字。

膝盖上有火辣的痛感传来，她疼得咬了下唇，隐约感觉膝盖应该被磕破了皮，却还是站起身来，拼着力将剩下的大半圈连跑带走地完成了。

林絮走过终点线后，有几个班上的女生朝她围了过来。

“你摔伤了没有？去医务室看看吗？”她们纷纷焦急地问。

林絮忍着疼，说：“没什么事。”

她撒慌说要去上厕所，催促几个女生赶紧回到看台座位上，终于，在转过身的时候，眨了下眼睫，让眼泪淌落了下来。

她穿过人声嘈杂的观众看台，一个人一瘸一拐地朝医务室走了过去。因为没有人注意到她，她的手掌也擦破了点皮，于是她没有用手去抹眼泪，而是任由泪滴在自己的脸颊上缓缓地滑落、被冷风吹干蒸发。

医务室的门没锁，她推门进去后，发现里面没有人在。刚刚操场上有同学跑完步晕倒了，校医应该是被叫去急救了。

林絮坐在雪白的病床上，把运动裤的裤脚轻轻地卷了起来，露出了血迹斑斑的膝盖。

疼。

她紧抿着唇，转身去床头柜的医药箱里翻找棉签和碘伏。

“林絮？”叶风忽然出现在校医室门口，视线落到她流着血的膝盖上，皱了下眉。

“刚跑步的时候摔的？”他问。

林絮怔了怔，点了下头。

“不是和你说了跑不了别逞强吗？”叶风叹了口气，问，“校医都没在吗？”

林絮点头，问：“你怎么来了？”

“夏茉有点冻着了,我刚送她回寝室,想来拿点感冒药给她送过去。”

“嗯。”林絮的声音颤了颤，垂下头不再看他，拿着手里的棉签去蘸玻璃瓶里的碘伏。

她抓着蘸好碘伏的棉签，盯着混着尘土和沙的脏兮兮的伤口看了一会儿，忽然有点无从下手。

她用棉签轻轻地碰了一下，疼得用力咬了下唇，手上的动作一抖，棉签掉落在了地上。

她余光注意到站在不远处的叶风盯着她看了看。

她没去理会他的目光，弯下腰去捡掉在地上的棉签，膝盖的伤口忽然被扯了一下，疼得她没忍住“嘶”了一声。

“我帮你弄吧，得先清理伤口。”叶风忽然走到她面前来，弯下腰捡起地上的棉签扔进了垃圾桶,然后起身从医药箱里重新拿出一个棉签，放进另一个玻璃瓶里蘸了蘸生理盐水。

“不用……”

她拒绝的话刚说了一半，就看见叶风在她面前蹲了下来。

“你忍一下啊，肯定有点疼。”

少年低垂着浓密的眼睫，皮肤在光线的映衬下白得刺眼。他手里拿着棉签在她的膝盖上一点点地涂抹，表情专注认真。阳光透过淡蓝色的窗帘打在他的发丝轮廓上，为他笼罩上一层干净而温暖的光晕。

初秋静谧的午后，时间仿佛在这一刻定格，不再流动。

时间真的可以定格吗？

如果时间真的可以定格在这一刻，再也不流动了，该有多好。

林絮愣愣地看着他手上的动作，鼻腔一瞬间灌满了酸涩。她眼眶里的泪水忽然再也含不住，眼看着就要落下。

她微微仰起了头，努力地含着眼泪不让它们滴落。她不敢抬手去抹，因为怕被他看到。

“怎么了？”注意到她有些颤抖的身体，叶风忽然抬头，看见了她一张布满泪痕的脸。

“这么疼吗？”他皱了皱眉问。

林絮不敢和他对视，仰着头，带着闷闷的鼻音轻轻“嗯”了一声。

“那我再轻点。”叶风说着，放轻了手上的动作，清理完伤口后拿起沾着碘伏的棉签涂抹了几下，又用手在附近轻轻地扇了扇风，问，“这样好点了吗？”

林絮的泪意在他抬手扇风的这一刻再也绷不住，她连忙用手捂住脸，泪水汹涌而出，她不受控地剧烈抽噎起来。

叶风怔怔地抬眼去看她，沉默片刻后，从医药箱旁边的面巾纸盒里抽出了两张纸，塞进了她的手里。

“有点……太疼了，”林絮用纸抹着眼泪，装作有些不好意思地解释道，“疼得想哭，你别笑话我。”

“不笑话你。”她听见他轻轻地笑了一下。

“下次跑步求你别逞强，量力而为，行吗？还非得跑个第一啊？”他说。

林絮在心里对他说，如果你喜欢我的话。

如果你喜欢我的话，我就再也不用逞强了。

第二十三章
如果你再喜欢他 /

林絮在离开医务室后没有直接去操场，而是回了趟寝室。九梅正趴在床上看自己偷藏的小说杂志，因为吃了止痛药的原因，脸色好了许多。

“你怎么了？摔了？”九梅看见林絮一瘸一拐地走了进来，皱眉问道。

“嗯，刚才跑步的时候不小心摔了一下。”

“跑步？你跑什么步？不会是你替我跑的 3000 米吧？”九梅问。

林絮没回答她，只是冲她淡淡地笑了下。

“陈青青说她替我跑，怎么又变成你跑了？”九梅惊讶道。

“她的脚扭了，跑不了，咱班也没人能跑，我就上了。”林絮只觉得浑身疲惫，说话的声音都有点发虚。

“没事，”林絮笑，“我先上床躺一会儿，太累了。”

九梅怔愣了片刻，点了点头。

林絮侧卧在床上，脑海中反复浮现着叶风刚才给自己擦药的样子，眼眶又开始酸痛。

九梅的声音适时地传了过来，转移了她的思绪：“我和你说，我觉得洛一川就是个神经病。

“他过来给我送药的时候一瘸一拐的，我就问了他一句他怎么瘸了。结果他莫名其妙地把我给骂了一顿。

“他骂我笨，说我脑子不好用，我就損他，说对啊，谁都没有你的那个女神脑子好用。

“结果他忽然就不说话了，冷着个脸，莫名其妙的。我在那儿跟他待在一起实在心烦，想着自己这状态肯定也不能跑了，就和体委请假回寝室了。”

林絮淡淡笑了笑，声音很轻地说：“看他还能忍多久。”

看他还能忍多久不向你表白。

“什么？”九梅没听明白她的意思。

“没什么，很快你就知道了。”林絮卖关子道。

运动会结束没多久，高三上学期的篮球赛也被提上了日程。

体育委员拿着比赛安排表走进班级门口的时候，班上只有零零星星的几个人。

十六班这次的初赛对手是二班。

“怎么又是二班？上学期咱班就被二班完虐了。”坐在门口的一个男生抱怨道。

“被虐有什么办法？”班上的混混头子赵子强抱着胳膊靠在门口，“也不看看咱班什么形势，一共六个半男生，干脆直接退赛得了。”

“六个半？啥意思？”

“一个腿废的，顶多算半个。”赵子强勾起嘴角不屑地笑了笑。

“欸，强哥，别乱说！人家可是老洛的儿子。”男生急忙说。

“我怕什么啊，他本来就是个废的。”赵子强在教室里环视了一圈，发现只有两三个正默默低头看书的女生在，有些得意道，“我看谁敢跟洛彦告密？”

教室里静悄悄的，没有人发出任何声音。

正在埋头翻找卷子的九梅却猛地起身，冲着赵子强大声吼道：“某些人不会说人话就把嘴闭上！”

赵子强一愣，立刻大步朝九梅走了过来。

“说谁呢你？”

“谁不说人话我说谁。”九梅冷笑，狠狠地瞪着他。

“我说洛一川呢，和你有关系吗？他就是个残废，还不让人说了？”赵子强倾身逼向九梅，语气恶狠狠的，而九梅却一点也不怕，直视他的眼睛说：“我看不会说人话的人才是残废！”

赵子强一蒙，反应了几秒后，对九梅怒声道：“你再说一遍试试！”

门口的男生听到了动静，连忙飞奔过来拉住了赵子强。

“欸欸，强哥，消消气儿，别跟她一般见识。”

赵强喘着粗气，久久平复后，嘴角忽然勾起一丝嘲讽的笑意。

“你暗恋洛一川啊？”他轻佻地说，“人家看得上你吗？”

九梅鼻子一酸，伸手想要给赵子强一巴掌，手腕却被赵子强狠狠地钳制住。

“你给我松手！”九梅想把手腕从他手中抽出来，却无论如何也使不上力。

吃痛挣扎间，九梅的脑海中不自觉地闪过洛一川的名字。

危难时刻，英雄救美。

她忽然在想，如果他在就好了。

如果他在，她就不会对付不了赵子强了。

可惜，那个能让他及时出现挺身相护的人，从来都只会是叶潇。

从来都不会是她。

所以刚刚为什么还要站出来替他出头，纪九梅，你真是自作自受。

“赵子强，你把手给我松开！”

忽然，一道声音从门口传了过来。

九梅怔怔地扭过头，朝声音传来的方向看了过去。

洛一川从门口走了过来，表情里满是怒意。他冷冷地看着赵子强说：“你再敢碰她一下试试，我不介意把事闹到我爸那儿去。”

不知道为什么，九梅的眼前在一瞬间蒙上了水雾。

明明，刚刚她那么害怕的时候，都一点也没想哭的。

她看见赵子强侧过头不要脸地对洛一川吼道：“我教训她关你什么事？”

而洛一川则大声地回道：“我喜欢她，你说关我什么事！”

霎时，九梅再也听不见任何声音。她甚至觉得洛一川其实根本没有这么说，这句话不过是她脑补出来的幻觉。

幻觉吗？可为什么连赵子强都傻傻愣住了，下意识地松开了扯着她手腕的手。

事情解决后，洛一川拉着九梅走出了教室。

两人一路无言，直到走到了一个空荡的楼梯间里，洛一川才白了她一眼，冷冷地质问她道：“你可以啊纪九梅，敢和赵子强硬碰硬，觉得自己特厉害，是吧？”

“你没事儿吧？他来找我麻烦，我还不能反击了？”九梅问。

“那你别惹他啊，明知道自己对付不了他，还非得逞强？”

“我还不是因为……”眼泪在眼圈里打转，九梅别过头去，“算了。”

洛一川却突然伸出手，轻轻地摸了一下九梅的头。

楼梯间的角落里空无一人，寂静得能清楚听见九梅咚咚的心跳声。

“对不起。”洛一川揉了揉她的头发，语气异常温柔。

“你……干吗？”九梅身体一僵。

“我好像喜欢上你了。”他声音很轻地说道。

九梅猛地推开他。

“你不是喜欢叶潇吗？”

“她不喜欢我。”

“所以我是备选？”九梅眼里怒火直烧。

“我没有。”洛一川皱起眉头，支支吾吾，“我一直以为我喜欢叶潇，但后来我发现我对她的那种感觉根本就不叫喜欢。反倒是你，总惹得我心烦意乱，让我自己都觉得莫名其妙。”

说了些什么玩意儿。

“你瞎吗？”九梅定定地看着他的眼睛，“我哪个地方能跟你那位女神比？”

“那我还比不上叶风比不过鹿鸣呢！你怎么不喜欢他们？”洛一川反问。

九梅被他问得一愣，半晌说不出话来。

下午去篮球场的路上，九梅把一段故事讲完，林絮听得又哭又笑。

“你干吗啊，这么激动。”九梅满脸惊讶。

“就是替你开心啊。”林絮呵呵傻笑。

“你有喜欢的人吗？”九梅忽然问她。

林絮迟疑了一下，摇了摇头。

“那你怎么还反应了半天？难道不应该脱口而出说没有吗？”九梅一脸警觉地盯着她，“刚刚想到谁了？说！”

想到了谁？

如果命运能足够善待她，是否能让叶风有朝一日不再喜欢夏茉了，回过头来喜欢上她？

她被自己阴暗的心思吓到了，仿佛从知道他们俩走到一起的那一刻开始，她就从来没真心实意地给过他祝福。

这个世界上优秀的男孩子那么多，夏茉为什么偏偏就是要选择叶风呢？

就不能把她的叶风还给她吗？

转念一想，她又想笑，既然优秀的男生那么多，她自己又为什么非得叶风不可呢？

而她却始终相信，在整个年级所有喜欢他的女生里，她绝对是最喜欢他的那一个。

她的喜欢是不同寻常的。

“你能不能行，想什么呢？”

“你说咱们这么公然逃自习来看比赛，老洛回头会不会发火啊？”林絮顺利拐开话题。

“老洛？”九梅扑哧一笑，“他下午就去省里参加什么足球联赛了，洛一川说了，明天一整天都不回来，数学课打算让咱们上自习。”

林絮苦笑，突然觉得他们有这么个班主任可真幸福。

十六班对二班的篮球赛结束后，林絮没有马上离开。

洛一川不能打球，叫了叶风来帮忙，而下一场的比赛，就是一班对三班。

当她可以藏进人群，躲进暗处不被他发现的时候，她还是没有办法控制住自己不去看他。

一整个下午她都站在围栏前，跟着周围的人群为本班加油，眼神却从没在他的身上离开过。

体育馆的明亮灯光下，少年身穿浅蓝色球衣，像一阵风一样绕过防守队员，双手把球高高举起，轻轻一跃，篮球进筐。汗水从他的额角慢慢渗出来，他却依旧目光炯炯，嘴角带笑。

她看不懂篮球，但他打球的样子，这么多年，她怎么看也看不够。

虽然在他已经和别人在一起的当下，她这样的心思很龌龊，很罪恶，很不争气，也很不应该。

所以叶风，你能不能别再这么好看?

因为我生性贪婪，有些东西明知得不到，却偏偏还是移不开眼。

她轻轻叹息，默默望着他的身影许久，直到傍晚球赛结束，人群渐渐散去。

她正收拾书包准备离开，突然看到夏茉递给了正靠在栏杆上休息的叶风一瓶水，然后亲昵地拿着毛巾给他擦汗。

她手上的动作顿了顿。

“你怎么还不走啊？看什么呢？”

久违的声音传入了林絮的耳畔。

何渺站在观众席对面，跟她两三米的距离，嘴角挂着得意的笑。

“嫉妒啊？”何渺轻哼一声，“人家那才叫般配，懂吗？”

飞扬跋扈的表情，满脸都叫嚣着“你不配”。

林絮冷笑，突然想到一个成语，叫“狗仗人势”。

她没理何渺，抄起书包便走，刚走了两步，右耳突然被一个飞过来的篮球狠狠一撞，剧烈的痛感和酥麻感从耳朵蔓延到半边脸，耳畔是巨大的轰鸣声。

她捂住耳朵艰难地回头，看到了依旧在笑的何渺。

“对不起啊。”何渺阴阳怪气地说。

林絮没说话，只是默默地捡起了脚边的篮球抱在怀里，大步朝何渺走了过去。

“你要干吗？”何渺被她凶狠的眼神吓到了，一边向后退一边喊，“我不小心砸到你的，都跟你道歉了，你这是要砸回来吗？你至于吗你？”

“至于啊。”林絮抱起篮球，用尽全身的力气，将球狠狠地朝何渺砸了过去。

球抛出去的那一刻，她脑海中只有一个念头，什么都不管了，能让自己解气就行。

然而何渺却飞快一闪，瞬间拽住了不知什么时候走过来的夏茉，躲在了她的身后。飞奔的篮球直直地擦过了夏茉的右臂。

林絮站在原地，蒙了。

“啊！”夏茉抱着胳膊大叫一声。

何渺连忙扑过来，嘴里却大声地朝远处喊了一句：“叶风！夏茉受伤了！”

何渺的眼神直勾勾地盯着林絮，勾起唇角冲她抬了抬下巴，仿佛在说：你完了。

“没事吧？”叶风从围栏另一端跑过来，抓起夏茉的胳膊看了看，轻声问，“疼不疼？”

夏茉抬头，笑嘻嘻地对他摇了摇头。

“林絮你干吗啊？我都说了不小心用篮球碰到你，而且也跟你道歉了，你就非得这么睚眦必报吗？”何渺冲她吼道。

“我没事。”夏茉笑了笑，转头问林絮，“你刚刚是要用球砸渺渺吗？你俩有什么误会，要不在这儿说开吧。大家都是同学，以后还是好好相处比较好。”

叶风的眼神投在了林絮的身上，似乎在等待着她的解释。

她还有什么好说的?

什么都不必说了。

她不知道自己为什么要心虚，像一个偷了东西被抓包审讯的贼，一个表演杂技失手被观众嘲笑的小丑。

她弄伤了他喜欢的人，难道还指望他会帮自己吗?

让何渺有可乘之机的，让她不得体面的罪魁祸首，不过是她对他的喜欢。

“夏茉，对不起。”

她哑着嗓子轻声开口，眼泪不争气地顺着脸颊滑落，渗进了唇角，咸咸的。

“你哭什么啊？砸别人你还委屈了？”何渺咄咄逼人。

手里的书包带被林絮攥得变了形，她转过身去，拔腿就跑。

她似乎听见了叶风在她身后喊她的名字，又似乎听见了何渺大惊小怪地叫了一声：“呀，茉茉你伤口出血了！”

她的鼓膜一跳一跳的，火辣辣的痛感从耳畔蔓延进喉咙里，连口腔都溢满了血腥味。

她咬紧牙关告诉自己，林絮，如果你再喜欢他……

如果你再喜欢他，你就是这个世界上最可悲的小丑。

第二十四章

咱俩什么关系 /

第二天一早，林絮把书包扔进教室，拿着保温杯准备去开水间接水，正巧撞上了刚接完水拿着杯子迎面朝她走过来的叶风。

眼神猝不及防对上的瞬间，她连忙把目光移开，偏过头去看贴在走廊墙壁上的校规校训。

“林絮。”少年主动开口。

她故作惊讶地转过头。

“昨天你怎么哭了？发生什么事了？”

她轻轻笑了笑，问：“何渺没跟你说吗？”

“我管她说什么，”少年不屑地撇嘴，看着她说，“我问你呢。”

林絮心中一颤。

“我跟她之前有点矛盾，女生之间的事，跟你也说不清。对了，夏茉的伤没事吧？我昨天不是故意的，真的对不起，我得再跟你道个歉。”

“没事儿，擦破点皮。”他挠了挠头，嘴角不自觉地弯了起来，“那丫头大大咧咧的，也不知道疼，怕我担心，一直看着我傻笑。”

鼻腔涌上酸涩，林絮连忙朝他摆了摆手：“那就好，我先回班了，拜拜。”

她步速飞快，没几步便走到了教室门口，突然想到开水还没接，愣在原地，苦笑起来。

她到底在干吗？

她无奈转身，再次对上了他的目光。

“我刚还在想你不是要接水吗？怎么又走了？”叶风失笑。

“一聊天我就忘了。”她往回走去，勉强地冲他笑了笑。

“何渺那女生不是善茬，我跟夏茉说过，但夏茉偏喜欢跟她玩。如果她再找你麻烦的话，你就来找我，我替你摆平。”

林絮走到他面前，呆愣愣地看着他的眼睛。

可昨天你什么都没有说。

昨天何渺说了那么难听的话，你什么都没有说。

既然你满心满眼只有夏茉，现在又何必说这些？

我为什么要找你？

“为什么？”她脱口而出。

这回是叶风愣住了。

“咱俩什么关系啊，你遇到麻烦我当然要帮你了，不然也太不够意思了。”他笑起来，冲她挑了挑眉。

咱俩什么关系啊。

这么多年，叶风，你真的从来没有设想过，我喜欢你吗？

然而，她又有什么资格质问他。

拼命伪装恨不得把这份感情一起带进坟墓里的人，从来都是她自己。

所以，算了。

她礼貌地笑了笑，然后越过他，去开水间接水。

那天过后，林絮不怎么再经常碰见叶风。偶尔在去做课间操或者去食堂的路上不小心撞见了，她便会用眼神避开，故意跟九梅聊一些开心的话题，然后在他注意到自己的时候专注地大笑，笑得脸都有些僵硬。

她不知道自己为什么要这样刻意和做作。

或许仅仅是为了让他不再笑眯眯地跟自己打招呼而已。

他一冲她笑，她就会特别难过。

高三生活并没有林絮想象中那么恐怖，紧张感和学习量的增加并不是突然而迅猛的。

又或许是因为她早就把高一和高二两年都过成了高三，如今反而能放平心态，一切如常。

九梅在学习上越来越用功，洛一川经常会用一整节自习课的时间给她讲题，讲着讲着，两个人又会大吵起来。

“讲三遍了还不会，你是猪吗？”

“不想讲就别讲！骂谁呢你？”

“行了行了，最后一遍。别吃了！把薯片放下！听到没有纪九梅！”

“不！放！”

“你再吃我跟我爸举报你！”

“行啊洛一川，再敢威胁我，咱们就分手！”

“好了好了，让你吃，你吃个够。别揪我耳朵啊，哎哟疼！”

林絮总会在埋头订正试卷的间隙抬起头，静静地观赏两人打情骂俏的温馨场面，弯着眼睛不自觉地笑起来。

真好。

她突然想起初中时候自己最大的愿望，就是希望能在上高中时跟他分到同一个班。她从不知道他平常上课下课都是什么样子的，跟他日复一日地朝夕相处起来，她又能有多快乐。

想到这里，她使劲晃了晃脑袋让自己清醒，甚至恨不得想打她自己两巴掌。

时间的指针伴随紧着锣密鼓的第一轮复习紧密转动，期中考试后气温骤降，一场初雪来得猝不及防。

午休时间，林絮翻开了桌上的英语试卷，拿起笔准备做一道完形填空大题。

她的座位紧挨着窗户，冷冽的冬风从关不严的窗缝透进来，把她的手指冻得都有些僵硬。

窗外的人群喧嚷吵闹声不断，文科楼和理科楼中间的大片空地上，学生们正三五成群地堆雪人和打雪仗。

窗玻璃上凝结了一层薄薄的雾气，不知道为什么，林絮从小就很喜欢在带有雾气的玻璃上用手指画画和写字。

小学的时候，她会用手指在起雾的玻璃窗上画星星和爱心之类的小图案。

大约是上了初一之后，再看到起雾的玻璃窗，她脑海里的第一反应变成了用手指下意识地去写一个人的名字。

叶风。

她会趁没有人注意的时候，偷偷地写下“叶风”这两个字，然后再匆忙地用手指把它涂掉。

干净透明的玻璃窗里，藏着她干净透明的秘密。

她盯着眼前雾气弥漫的玻璃窗愣愣发呆，窗外校园里的大喇叭突然发出了响声。

午间广播开始了。

广播站的播音员开始放歌，今天放的歌是《庐州月》。

庐州月。

恍惚间，林絮好像回到了初二那年的夏天，想起了那个总是能带给她快乐的隔壁班少年。

她伸出手指，下意识想在窗玻璃上写下他的名字，一个“口”字还没写完，她忽然反应过来自己正在做什么，指尖马上顿住。

她正在做什么呢。

他有喜欢的人了啊林絮。

他不喜欢你，从来都不喜欢你。

所以，你现在到底在做什么？

她胡乱地用手掌去抹刚才自己写下的字迹，发泄情绪般地试图将窗户上凝结的水汽擦得干干净净。她的掌心被冰得通红，玻璃窗被她涂抹得透彻干净，能清晰地透射出外面一片喧哗热闹的景象。

忽然，一个雪球砸上了干净透明的玻璃窗，在上面炸开，像一朵纯白昼亮的烟花，猝不及防地绽放在了她的眼前。

“叶风砸的。”洛一川不知道什么时候进了教室，坐在了林絮右前方自己的座位上，冷不丁地回头说了一句。

林絮怔怔地望着窗外。

少年穿着藏蓝色的格子棉袄，举起戴着灰色棉布手套的手朝她的方向挥了挥。他跳得高高的，笑容灿烂明亮，宛如他头顶上方的冬日暖阳。

冰天雪地里，他像个自带热源的太阳。

林絮只觉眼角酸涩，看见洛一川向窗外的他挥了挥手，于是马上避开了眼神，低头去看英语试卷上的完形填空。

一个英文句子被她反反复复地读了好几遍，却怎么都进不了她的脑子里。广播音响里的歌曲旋律宛转悠扬，在她的耳畔阵阵回荡。

“如今的你在谁的身旁，我流不出当年泪光。”

林絮感到心脏一阵莫名的痛，她逼着自己不再胡思乱想，试图全神贯注地去做眼前的这道完形填空。

洛一川忽然转过身来，敲了下她的桌子：“你学得进去吗？”

林絮点了下头，和洛一川对视了片刻，又诚实地摇了摇头。

“聊会儿天？”洛一川说。

“聊吧，”林絮索性放下了笔，抬头问，“聊什么啊？”

“你到底喜不喜欢鹿鸣啊？”洛一川露出了贼兮兮的笑。

“你是不是有病！”林絮一脸无语地吼道。

“不是，你急什么啊。”洛一川不解，“我就问问，那我换个问题，你有喜欢的人吗？”

林絮一顿，摇了摇头。

“也是，你整天就知道学习，估计也不知道喜欢一个人是什么感觉。”洛一川悠悠道。

怎么可能不懂，林絮在心里反驳他，没有人会比我更懂喜欢一个人是什么感觉。

“其实我之前也不懂，认识她之后才懂。”洛一川说着，抬了抬下巴指向了九梅空着的座位，“我发现喜欢一个人的感觉吧，就和大脑不受控了一样。她的一举一动就像一条线一样牵着你的大脑，只要是和她有关系的事，你就会本能地作出反应和行动，根本不受理性控制。”

洛一川说：“我这可是实践得出的经验，感觉还挺靠谱的，你可以用来验证验证，看看你喜不喜欢鹿鸣。”

林絮抬手就要打洛一川，洛一川猛地起身躲开，说要出去溜达一会儿，然后转身走出了教室。

林絮的视线再次落回到眼前的完形填空上，脑海中却反复思索着洛一川刚刚对自己说的那一番话。

难道爱意一旦倾泻，便真的再也无法受理性控制，最终只能走向覆水难收的结局吗？

第二十五章

曾为谁奋不顾身 /

冬日萧索，短暂的寒假结束后，高三下学期转眼间便到来了。

开春以后，随着天气的逐渐转暖，两个多月的时间一晃而过，一模考试迅速落下了帷幕。

考试结束当晚，林絮留在班里跟鹿鸣对文综的选择题答案，越对下去，心就越凉。

把课本上的基础知识点背得烂熟是完全不够用的，高考的难度从来都不只有她想象中的那么一点点。

她耷拉着脑袋，对照鹿鸣的答案在试卷上有气无力地画着一个又一个大红叉。

鹿鸣被她逗笑了：“我的答案也不一定就是对的好吗？为什么跟我不一样的答案你全打叉了？”

“你是大神，我相信你。”林絮头也不抬，小声嘟囔道。

鹿鸣突然很想伸手去揉她的头发，终究还是悬在半空中，缩回来摸了摸自己的后颈。

“你休息一会儿，我去接水。”鹿鸣说完，拿起了自己的和她的水杯。

“谢谢。”她抬头笑了笑。

鹿鸣刚出门不久，洛一川突然火急火燎地冲进了教室。

“你不是跟九梅去吃饭了吗？”林絮抬头问他。

“我刚听说叶风跟一帮小混混在校外打架，我得赶紧过去帮忙。拿个手机我就走。”

林絮大脑“嗡”的一声，仿佛有什么东西突然炸开。

“我跟你一起去。”她放下笔，腾地起身说。

“你去干吗？”洛一川一愣，“不是看热闹的事，挺危险的，你别掺和了！”

洛一川从座位上拿了手机就冲了出去，林絮没有听他的话，而是紧追在他的身后，脚下仿佛生了风。

他打不打架跟你有什么关系？

他跟你有关系吗，林絮？

可她只是飞快地跑，大脑一片空白，根本来不及想清楚脑海中忽然冒出来的这些问题。

在这一刻，洛一川曾经对她说过的那番话在她的身上得到了精准无比的验证。

她根本控制不了她自己。

深夜，酒吧。

林絮冲进去的时候，酒吧里已经乱成了一团。

嘈杂声混入空气中，闷热沉重。流光淌过四壁，斑驳光影晃得她睁不开眼睛。

她顺着人群的缝隙用力往前挤，终于挤进了最前面，看到了挡在夏茉身前的叶风。

他把夏茉紧紧地护在了身后。

“兄弟，听哥几个一句劝，躲远点，没你事。”

“这丫头整天仗着自己有个漂亮脸蛋勾三搭四，刚跟我哥们儿一起没玩几天，转头就把人给甩了，我就是把她叫过去，给我哥们儿一个说法，这事算完。”

“你说你这么护着她，她配吗？”

堵在身前的几个小混混轮番开口，然而叶风却面不改色，直视着他们的眼睛说：“你们敢动她试试？”

林絮的心口突然像被一块巨石死死压住，疼得她喘不过气。

她看到带头的几个小混混抄起手里的棍子朝叶风挥了过去，她看到无数的拳头落到他的脸上身上，她看到人群一哄而上，洛一川狠命地拉扯着叶风的胳膊，却被叶风推开让他去保护夏茉。

她脑中一片空白，什么都没想便疯狂地冲了上去。她不知道自己能帮他做些什么，但就算拼了命，她也要保护他。

他是她最喜欢的男孩子。

眼前漆黑重叠的人影和头顶的亮白水晶吊灯一起摇摇晃晃，她视线模糊，看不清任何人的动作和表情。

她只是拼命地拉扯着往前冲的小混混们的衣角，被他们伸手推倒在地。她摔在地上，密集的人群仿佛一堵墙，将混乱的场面紧紧遮挡，让叶风的身影彻底脱离了她的视线。

她正想从地上站起来，再次挤进人群，忽然注意到从她面前经过的黄头发男生跑到她身后，从茶几上抓起了一把水果刀。

刀！叶风！

恐惧和慌乱猛然袭上她的心头。她近乎本能地奋力站起了身，跌跌撞撞地扑向了手里拿着刀的黄发少年，扯住他持刀的胳膊，用尽全身的力气狠狠地咬了下去。小混混疼得大叫一声，拼命地挣开她，她却紧紧地咬住不放，一只手抓着他的胳膊，另一只手拼力去抢他手里的刀。

抢夺之中，刀刃锋利，一次次划破她的掌心，越发绵密刺骨的疼。她手上的动作却没有停下，直到终于握住了刀柄，咬着他的力度顺势加重，水果刀被她一把夺过，狠狠地甩了出去。

刀刃落地的声音，“咣当”。

她的一颗怦怦直跳的心终于落地，身上再没有丝毫力气。

“疼疼疼！咬死我了！你赶紧给我松口！”

小混混终于把胳膊抽了出来，捂着胳膊上被咬烂的地方渗出的血痕，眼里怒火直烧，朝她的胸口狠狠地踢了一脚。她跌坐在地上，耳畔嗡嗡作响，视线也变得越来越模糊。

她散乱的头发被眼前的人影狠狠拽住，头皮疼得阵阵发麻。

小混混的脸突然凑得她很近。

“小妹妹，挺厉害啊。”他龇着牙，似笑非笑地看着她。

她大脑一片混乱，却在脑海中清晰地闪现出电影里撕扯衣服的镜头，拼命地抱起胳膊护在了自己的胸口。

“别打了，警察来了！”

警车的鸣笛声从酒吧外传了进来，小混混们吓得一哄而散。四散而跑的人群中，她看见洛一川把浑身是伤的叶风架到了角落的沙发上，夏茉扑上去抱着他大哭。她看见叶风即便疼得龇牙咧嘴，依旧强撑着冲夏茉笑了笑。

惊险的故事终于落幕，主角之间的感情遇困升温。

而她呢？她又是谁？

是拼命扮演着深情角色，最终却只能自我感动的故事第三人。

她艰难地爬了起来，强撑着发软的双腿，扶着墙壁一瘸一拐地走出了酒吧。

酒吧外，暮色深沉凝重，漆黑的夜空突然洒下了瓢泼大雨。

她顺着街道慢慢地走到了街角一家关门的店铺前，把背倚靠在玻璃门上，抱着膝盖缓缓地蹲了下去。

血珠沿着指缝一滴一滴地滑落，混在雨水中，蜿蜒成一条细细的红色河流。

她只是呆呆地望着雨水里的一点点红色，意识渐渐涣散。

她再也没有力气去想任何人和任何事。

“你怎么在这儿？”一把伞从她的头顶罩了下来，她懵懂地抬头，一眼看到了鹿鸣。

她下意识地用手去抹眼泪，手腕却被蹲在她对面的少年一把抓住。

“怎么弄的？”他的眉头紧拧，眼睛直直地盯着她手上的血痕，复杂的情绪从他的眼神里汹涌而出。

“去医院处理一下。”他拽起她的胳膊，想把她拉起来，她却蹲在原地不肯动，拼命地冲他摇着头。

眼泪仿佛断了线的珠子，一颗一颗从她通红的眼眶里滚落，流淌进鹿鸣堵着的胸口，在他的心里泛滥成灾。

他缓缓地松开了拉住她胳膊的手，张开双臂，轻轻地抱住了她。

“没事了。”他拍着她的背，语气轻缓温柔。

她把头埋进他的怀里，在他的手抚上她冰凉发丝的那一刻，肆无忌惮地大声哭了起来。

她的心脏仿佛被插进了一把刀，她每抽泣一下，刀锋便深入一寸，把她的整个心都血淋淋地剖开了。这是她第一次感受到，从胸口蔓延至全身的撕心裂肺的痛。

“别告诉别人，求你。”她哭够了，泪眼汪汪地望着鹿鸣说。

他点头。

“谢谢你。”她接着说。

鹿鸣松开她，朝她安慰地一笑，却双拳握紧，眼眶滚烫发热。

你就这么喜欢他，林絮。

你就这么喜欢他，我一点办法都没有。

第二十六章
她的难过该怪谁 /

五月初夏，清晨的第一缕阳光柔和、明媚，仿佛昨夜的瓢泼大雨不曾洒下过一样。

林絮从凌晨开始发烧，两点多的时候爬起来吃了两片退烧药，早上依旧浑身酸痛，身上一阵接一阵地发冷。

思绪却因为止痛片里的咖啡因而更加清晰，昨晚，鹿鸣……抱了她？

为什么呢？

“你别多想，我就是安慰安慰你，我对你没别的意思。”鹿鸣解释道。

“你昨晚是去找夏茉的？”她惴惴不安地问。

鹿鸣不置可否地“嗯”了一声。

下午的自习课，她请了假去医务室输液。然而连输三天，她的体温依旧忽上忽下，第四天一早，体温直冲到 39.7℃。

今天是全国中学生单科竞赛决赛的日子。

她侧头趴在课桌上，把脸颊抵在冰凉的桌面上降温。仿佛有滚烫的火苗从脖颈直直蹿到她的额顶，夏天的教室像一个嘈杂的小型桑拿房，闷得她几乎要窒息。

身后的男生们大呼小叫，拽着鹿鸣一道一道地对刚考完的数学大题答案。她听不清他们对话的内容，只是觉得耳畔轰隆作响，震得她的太阳穴一跳一跳地疼。

她撑起眼皮，有意无意地朝考场门口瞟了一眼。

下一门考英语。

他的座位就在自己的旁边。

一阵寒意从后腰钻上脊背，她浑身抖得厉害。身体轻飘飘的，头却是重的，仿佛一个细木棍作柄的大铁锤。她觉得自己随时可以一头栽进课桌里，昏死过去，不省人事。

她拧开水杯，把两片退烧药塞进嘴里，想撑着把英语考完，然后就去医务室打点滴。

她必须要把英语考完。

必须。

高一那年，他坐在她的身边，扯着嗓子帮她报名，信誓旦旦地跟老师保证说："您必须给她报上。"

一步一步，她从初赛走到了决赛。

不光是为了高考加分，更多的，似乎是来赴一场约定，或者说，是来兑现一个承诺。

哪怕如今早已物是人非，她跟他也早已井水不犯河水。

她终于瞥见他吊儿郎当地走了进来，把秋季校服搭在左肩上，边跟考场里的其他同学扬手打招呼，边径直走到她身边的位置上坐下。

她别过脸去，背对着他，不想跟他哪怕点头示意般地打一个招呼。

缠着纱布的手掌依旧灼烧般火辣辣地疼，时刻提醒着她，别再执迷不悟，别再作茧自缚。

别再让自己这么可悲。

“英语别考了，去医务室。”

冰凉的手掌突然覆上了她的额头，她因为发烧而一直在胸腔里加速跳动的心脏倏地漏掉了一拍。

可惜，耳边响起的声音不是她以为的那个人的。

是鹿鸣的。

有一瞬间，她不知道自己到底在想些什么。

“不用了，谢谢，我没事。”她礼貌地抬头，声音低哑。

“不行，必须去。”

鹿鸣拽住她的胳膊，二话不说就要把她硬拖起来。

她急了，浑身使不上力，只能一个劲地摇头，用另一只手死死攀住桌角，哑声说着：“我真的没事，我不去……”

他们俩一拖一拽的举动像是一颗投入平静湖面的小石子，向四周扩散出一圈涟漪。

她跟鹿鸣的绯闻传了很久，大家闻声看过来，脸上满是八卦好奇的神色。她看到正在专注地从书包里掏练习册的叶风手上的动作忽然顿了一下。

她的大脑也跟着他手上的动作顿了一下，一不留神，就被鹿鸣拽了一个踉跄。

“鹿鸣。”

她的另一只胳膊突然被人拽住了。

“让她考完吧。”

少年微皱着眉头，看向鹿鸣，语气诚恳。

“她都烧成这样了，竞赛重要还是命重要？”鹿鸣语气急躁，眼神不解地紧瞪着叶风。

“我可以。”林絮打断鹿鸣，温和地重复道，“我真的没事。”

“听她的。”叶风的声音几乎跟她的同时响起。

“行，懒得管你。”鹿鸣一脸恼怒，甩开了她的胳膊，冷着脸地回到了自己的座位上，“刺啦”一声扯出了椅子坐下。

“谢谢。”

她强撑起笑意跟叶风道了个谢，然后继续歪头瘫倒在桌子上，没再去看他。

窗外是聒噪的蝉鸣，她抱着胳膊把头埋进课桌，从腰部直蹿而上的凉意让她的后背一直在抖。

好冷。然而大家都穿着短袖或者衬衫，谁那里又能有多余的衣服能借给她盖一下呢？

她微微抬起头环视了一圈，然后心灰意冷地继续把头埋进胳膊里。

一件秋季校服突然兜头罩了下来，丝绒质地的冰凉触感，却让她发冷的脊背在一瞬间回暖。

“没事，我陪你考完。”

她仿佛听见他在她耳畔轻轻地说了这么一句。

大概是烧蒙了的幻觉吧，她苦笑。

她把手臂塞进校服袖子，鼻腔阻塞，却还是能隐约闻见他身上惯有的薰衣草味洗衣粉的淡淡香气。她趴在桌子上，偏头枕着双臂，衣袖上的香气越发浓烈，刺激得她鼻腔酸涩，大脑发涨。

一滴眼泪从她的眼角渗出来，是烫的。比她呼出的鼻息还要更烫些，比她灼热的皮肤还要更烫些，一路滑过眼角，滴落在校服衣袖中间的黑色马克笔字迹上，将两个不大不小的英文缩写标记晕染得微微模糊。

YF。

叶风。

张爱玲的一句话轻轻浮现在她的脑海中。

“爱是一生的劫难，不爱是一生的遗憾。”

考试时间过半，林絮终于明白了叶风的那句“我陪你考完”到底是什么意思。

英语决赛的命题规律他们早有耳闻。越是决赛，题目反而越基础，题量也更小了，五点钟结束的考试，到了三点半，教室里大半的同学已经交卷离场了。

然而两点五十分就答完卷子的叶风，却到了四点钟还迟迟没有交卷。

四点钟，教室里只剩下不到十个考生。

叶风百无聊赖地趴在桌子上转笔玩，笔身甩落在桌面上的“啪啪”声让监考老师忍不住再一次发火。

“叶风！答完了就赶紧交，搁这儿耗什么呢？！”

“我检查。”叶风赶紧坐直身子，讪讪一笑，“老师，我还得再检查检查。”

“一个多小时了，我看你不是东张西望就是玩笔，哪儿检查了？前几科不是刚一允许提前交卷，你蹿得比谁都快么？今儿稀奇了，搁这儿耗上了，就不走。”

叶风无奈地撇撇嘴，林絮不自觉地停笔，顺势看了他一眼。

少年趴在桌子，侧头看向她，笑容和煦地用唇语跟她缓缓说了六个字。

他说：“慢慢答，别着急。”

四点二十分，教室里只剩下她跟叶风了。

她的头实在太疼了，大脑也因为吃了退烧药而昏昏沉沉的，生词不多的阅读篇目，她却来来回回读了好几遍。她答题的时候手心总会出汗，往常倒没什么，不过是洇湿了卷子，如今汗水却渗进伤口里，让她每写一个字母，手心都针扎刀刻般地疼。到了四点二十分，她还剩下作文没开始写。

其他考场的监考老师抱着收好的卷子走了进来。

“你们这不是第一考场吗？还有没答完的？”

监考老师摇头叹气，眼珠一转，又跟叶风百无聊赖的眼神对了个正着，叶风慌忙低头去看试卷。

“叶风，赶紧交！”

老师打算先把叶风解决了，再来解决他身边这个没答完卷的女生。

“不是，老师您干吗总催我啊，这儿不还有一个没答完的吗？”

“人家还没写作文呢！你都答完多久了？到底想不想交了？”

“我英语不好，就得等到最后一个交才放心！”说着，他又伸手指了指身边奋笔疾书的林絮，“她发着烧呢还这么拼，我要是不再检查检查，肯定考不过她！”

老师无奈，没再说话。

教室里安静得只剩下她写字的沙沙声，年久失修的灯管在她的头顶上投射出幽暗的光。她作文写到一半的时候，突然感觉教室里已经没有人了。只有微弱的灯光打在身旁少年白皙的侧脸上，黑暗之中，他成了她唯一看得见的光。

能不能当作之前的一切都没有发生过？

他还是她的叶风，他没有喜欢上别的女生，他没有在那个雨夜用生命去保护那个他喜欢的女生，他其实有一点点喜欢自己，未来，他还会更加喜欢自己的。

他依旧是她一往无前的全部勇气和力量。

可惜，再也不能了。

三天前的那场大雨在她的心里淅淅沥沥地下着，浇熄了她心头的火苗，洗净了她残存的执念。

这场雨再也不会停下。

铃响，交卷。

她收拾好东西，想把身上的校服脱下来还给他。

“别脱了，我不穿，你穿着吧。”他说。

“你为什么才交卷？”她哑着嗓子问。

“怕你硬扛，撑不过去。或者监考老师一催，你就慌了。”

“我有那么脆弱吗？”她说着，又咳了起来。

“唉，就你这身体素质，平时多吃点饭行不行？瘦得跟纸糊的似的。”他瞥了一眼她缠着纱布的手，“对了，我正想问你呢，手怎么弄的？”

“前两天摔倒了，不小心擦伤了。”

“那你刚才答题的时候不得疼死？啧啧啧，都这样了还坚持考试，女侠，佩服佩服。”

她静静地看着他，眼睛蒙上一层薄薄的水雾。

“报名的时候你不是跟老师保证了吗？说我肯定能拿奖给学校争光的。”她勉力扯了扯嘴角，“我不能打你的脸啊。”

少年挠了挠后脑勺，不好意思地笑了起来。

他总是这样笑，傻呵呵的，无知无觉，一片坦荡。

而她这样难过，又能怪谁呢？

怪她偏偏说不出口喜欢。或者，该怪他。因她明明站在他面前，弯着眉眼把爱意都溢满，他却偏偏看不见。

于是啊，那些真真切切的喜欢，就像是她肩上装着宝物的重担，被她扛起又放下，反反复复，折腾百遍，疲惫不堪。

那些因他而起的心事，终究再与他无关。

第二十七章
再也不想做朋友 /

一次次模拟考的成绩起伏让人仿佛在坐过山车，转眼飘向云端，转眼又跌进谷底。

让人越来越怀疑自己究竟在哪儿以及自己到底是谁。

只能机械麻木地逼着自己考试，对答案，核算分数，改错，然后继续考试，对答案，核算分数……成片的红叉仿佛面目狰狞的猛兽张开的血盆巨口，将人残存的自信心一口吞进，只留下无能为力的叹息。

林絮的一模成绩还是全年级第二名，二模却只考了第五名，三模直接跌到了第八名。

她最近很喜欢逃晚自习。

偷偷爬到顶楼的天台，去看悬挂在对面理科楼顶端的大屏幕上正在播放的校园新闻资讯。偶尔，她会把目光落到大屏幕正下方的三扇窗户上，一看便是很久很久。

高三（1）班教室的窗户。

她坚信自己已经不喜欢他了，却还是需要在跌落低谷时抓住点什么，想着点什么，仿佛只有这样才能逼迫自己再爬上去。

不知不觉，他走在她的前面，把她落得越来越远。

不知不觉，他早就变成了她的信仰。

夏夜蝉鸣，微风拂过似水月光。

她感觉到身后传来了轻轻的脚步声。

“没哭？”鹿鸣走了过来，身子一倾，靠在了她右侧的栏杆上。

她笑了，白了他一眼。

“你怎么来了？”她问。

“跟你一样，逃自习呗。”他漫不尽心地回答，目光却顺着她的视线，落到了对面大屏幕正下方三扇明亮的窗户前。

“问你个问题？”鹿鸣歪头看她，目光明亮，“为什么喜欢叶风？”

她一愣，嘴唇动了动，就听见鹿鸣补充道：“别跟我说因为他长得帅又学习好。”

她淡淡笑了，反问道：“不然呢？还能因为什么？”

鹿鸣直勾勾地盯着她的眼睛，嘴角噙着意味深长的笑，盯得她慌乱避开了视线。

“他跟我是截然相反的人，但有时候，我又觉得我们很像。”她思考了许久，缓缓开口，“他就像一面很独特的镜子，看见他，就能映照出特别不一样的自己。

“你能明白吗？”

“嗯。”鹿鸣含糊地回答，又补充了一句，“我也是。”

“你说……夏茉吗？”她小心翼翼地试探。

鹿鸣愣了愣，嗤笑一声，没再说话。

“其实我挺羡慕他的。”过了一会儿,他的目光又落回到对面的窗前。

“因为他是你情敌？”

少女额前的细碎刘海被风吹得有些乱了，她也不拨弄，只是任由它乱着。可她在叶风面前却不是这样，他经常能瞟见她在大老远看见叶风的时候，就开始整理衣领或者拨弄刘海什么的了。

体测那天之后，他觉察到自己好像有一点点喜欢她，所以会不自觉地偷看她。当他开始偷看她之后，才发现她经常会偷看叶风。

“算是吧。”他笑了，像是自嘲。

让她这么误会下去也没什么不好，夏茉就像是个挡箭牌，能牢牢保护好他的自尊，让它不被任何人戳穿。

这样就够了。

高考前两周，紧锣密鼓的最后冲刺阶段，夏茉和叶风被一班的班主任叫了家长。

双方父母一起被叫到了班主任办公室，办公桌上铺展开的，是两个孩子在这段时间里走得太近的证据。夏茉下降十多名的三模成绩和两人牵手同行的几张照片。

酒吧的事也不知被谁抖了出来，听说夏茉爸爸当着班主任的面踢了夏茉好几脚。

操场上，班上的女生们正三五成群地议论着刚刚从办公室里走出来的泪眼蒙眬的夏茉。林絮没有参与她们，而是在体育老师宣布解散的口哨声响起后直接往教室走，打算回去继续做模拟题。

“一起回去？”鹿鸣从她身后小跑着追了上来。

“嗯。”林絮轻应一声。

一路上，两人不咸不淡地聊着复习进度，对夏茉和叶风之间的事绝口不提，仿佛一种心照不宣的默契。

她是真的放下了，也不在乎，但不知道鹿鸣有没有放下。

教室里寂静无声，只听得见正在比赛做数学题的两人笔下发出的沙沙的写字声。

林絮先算出了答案，扣上笔帽起身去上厕所，临走前，还转过头朝鹿鸣得意地笑笑，说了一句你今天竟然比我慢，仿佛一种挑衅。

鹿鸣也不恼，反而笑着问她：“怎么，超过我一次就这么开心？”

心口一阵泛酸，她忽然想起高一分科后第一次期中成绩出来的那晚，叶风直言不讳地对她说：“我就是看不惯他，所以我希望你能永远拿第一，永远不给他机会。”

怎么又会想起他。

好烦。

她晃了晃脑袋，打算去厕所之前先在洗手间洗把脸，却在刚走到厕所门口的时候，撞见了迎面走来的夏茉和何渺。

夏茉的眼泪还含在通红的眼眶里打转，长长的睫毛稍稍一颤，透明的泪珠便簌簌滚落下来。何渺在一旁挽着她的胳膊，手里拈着纸巾帮她擦拭眼角的泪痕。

林絮只当作不认识她们，刚要从何渺身边径直走过去，却突然被她剜了一眼。

“贱人。”她冷冷骂道。

“你骂谁呢？”林絮停下脚步，直视何渺。

“是你告的密吧？酒吧的事也是你抖出去的吧？你怎么这么阴险？”

“我吃饱了撑的去告密？跟我有关系吗？”林絮反驳。

“因为你喜欢叶风！”

何渺理直气壮的一句话，让她所有防线顷刻瓦解，一时变了脸色。

“我没有！”她强撑着心虚，大声辩解。

“我去门卫登记簿上看过了，那天晚上你一个住宿生出校门干吗？你肯定是去酒吧了！你就是嫉妒，想把他们俩拆散了你好乘虚而入，也不看看你自己配不配！不要脸！”

“我去哪儿跟你有什么关系？”林絮克制住发抖的身体，眼神狠厉地盯着何渺，冷静开口，“指认我之前麻烦拿出证据。我告诉你何渺，我不想跟你纠缠，但你也别给脸不要脸。”

林絮话一说完，就有点被自己给吓到了。她可真出息，竟然敢正大光明地骂人了。

然而何渺扬手就给了她一巴掌。

耳畔嗡嗡作响，脸颊是火辣辣的疼。

林絮本能地想还手，刚抬起的胳膊却被何渺狠狠钳制住。何渺仗着力气比她大，扬眉露出阴险的笑，将她的手腕攥得通红，任她怎么挣扎都拔不出来。

为什么，林絮，为什么你还是斗不过她？

她正懊恼，却看见一只手突然伸过来将她护在了身后，少年恼怒的声音响起。

“松手。”

何渺显然是被鹿鸣阴冷的表情吓住了，一时脸色煞白，心虚地将抓着她的手缓缓松开。

“啪！”

鹿鸣一巴掌打向何渺的时候，林絮和站在一旁的夏茉都瞬间愣住了。走廊里寂静无声，旁边洗手间有水滴从水龙头里掉落的声音，啪嗒，啪嗒。

“你……”何渺捂着脸，眼泪唰地从眼眶里涌出来，难以置信地看着鹿鸣，良久大吼道，“你果然喜欢她！她哪儿配得上你喜欢啊？”

一瞬间，随着何渺铺天盖地的指责和抱怨，林絮的所有思绪归位。

关于鹿鸣。

他在雨夜给她的拥抱，他带着她去医务室的焦急，他刚刚对何渺的态度……可是他明明否认过的，他说他不喜欢自己。

他说他至今喜欢的还是夏茉。

“鹿鸣。”夏茉吸了吸鼻涕，率先开口，“是你跟我爸妈说的吗？咱们从小一起长大，他们什么事都问你，是不是你？”

“我最讨厌你这样。”鹿鸣轻扯了下唇角，眼睛直盯着夏茉，冷声问道，“从小到大，你没给过我一点信任吧？”

夏茉凝视着他，一时无言。

“随你怎么想，是又怎么样？”他看着她的眼睛，缓缓开口。

半晌沉默过后，鹿鸣拉起林絮的手就转身往回走，却在走了几步之后，突然被一个熟悉的声音叫住。

她回头，看到叶风冲了过来，一把揪起了鹿鸣的领子，挥起拳头就朝他脸上招呼了过去，将他一拳打倒在地。

夏茉连忙跑过来拉住了叶风的胳膊，林絮则下意识上前一步，伸开手臂严严实实地挡在了跌坐在地上的鹿鸣的身前。

叶风难以置信地看着眼前的林絮，眉头紧拧，却还是喘了口气，语气和缓地说："我跟他之间的事，你别掺和。"

"不行。"头一次，她目光坦荡地直视他的眼睛，语气坚决。

"咱俩什么关系啊？你帮他不帮我？"叶风恼了，神色冷了下来，看了眼鹿鸣后，扯了下嘴角对她说，"明白了，你喜欢他，所以护着他，是吧？"

时间仿佛静止了。

水珠从没拧紧的水龙头里不断滴落，啪嗒，啪嗒，是她的心在滴血。

她没有回答，只是低下头，小心翼翼地将鹿鸣搀了起来，然后拉着他的胳膊，转身就走。

"林絮！当我是朋友，你就别走！"

叶风气急败坏的声音从她的身后响起，震得她脚步一颤。

谁要跟你做朋友。

谁稀罕。

她没有停下，反而加快了脚步，手上拉着鹿鸣胳膊的力道也更大了些。

眼泪却还是不争气地夺眶而出，顺着她的脸颊一滴滴滑落。她注意到鹿鸣一直在安静地凝视着她，似乎想帮她擦一擦眼泪，却终究没有抬起手。

你知道吗，叶风？

我从来都没把你当朋友。

我再也不想跟你做朋友了。

第二十八章

其实我没能忘了你 /

“讲完了？”

新中关食宝街的南京大牌档里，玲姐灌了一口啤酒，紧拧着眉头问道：“就因为这么点误会，所以到现在都死活不肯联系他？拜托，都十年快过去了，多大点事啊，早该相逢一笑泯恩仇了。”

“没有。”林絮撇撇嘴，咬了咬插进酸梅汤里的吸管，“不联系是因为没必要。”

“是吗？”玲姐轻哼一声，“朋友也不做？”

“不想做朋友了。”她扯了扯嘴角。

“那我可奇怪了，你这一把年纪了不联谊不相亲，而且对恋爱一丁点兴趣都没有，合着搁这儿给人家守活寡呢？”

“谁守活寡？我没有！”林絮急了。

这么多年，她是真的相信自己早就已经不喜欢他了。

这么多年，她也是真的没再遇上过一个能让她真心喜欢的人。

真的。

“没守寡？”玲姐一把将她的手机抢了过去，点开微博界面，戳着经常访问里他的头像大声质问，“那你整天偷窥人家微博干吗啊？干吗啊？”

“你干吗？！”林絮扑上去将手机一把夺回，鼻尖一阵泛酸，她为什么突然这么想哭啊。

都这么多年过去了。

她也只是偶尔搜一搜他的微博名字罢了，不点赞不关注，甚至连出现在首页的经常访问功能她都觉得碍眼。

她自以为已经足够有尊严和骨气了。

还想让她怎样呢？所谓的是否真的放下了，又有什么重要呢？

她有没有放下，重要吗？

五彩琉璃灯光下的玻璃墙壁成了玲姐身后的绝佳背景板，映照出她一张疲惫而狼狈的脸。

很漂亮的一张脸。

精致妆容下红扑扑的脸蛋和端正立体的五官，她在某些照镜子的瞬间还挺惊讶的，原来自己学会了打扮之后也可以很好看。

有他新交的女朋友好看吗？

中邪似的，偶尔，她也会在心里这样问自己。

这么多年，她一个劲地折腾，不要命地拼业绩忙工作，不过是为了让自己过得比他更好。

要向他证明，没了他，她的生活一样可以过得精彩。要轰轰烈烈地去爱别人，比他更好的人。

他不是在和夏茉分开之后又交了个女朋友吗？有什么了不起？

可惜她忙活了这么久，终究还是竹篮打水一场空，孑然一身，荒唐离场。

“行了，不逗你了。”玲姐看她趴在桌子上，蔫巴巴地攥着手机发呆，伸手轻轻顺了顺她的头发，“辞职手续办好了？”

“嗯。”她轻声应道。

玲姐叹了口气：“你还是太小，将来早晚会后悔。

“主管挺喜欢你的，在北京生活就这样，干什么工作都得累得跟条狗似的。说实话，金融行业里，咱公司算待遇不错的了，真不打算再考虑考虑？”

“决定了，不考虑了。”她淡淡地笑了，露出一排整齐的小白牙。

“都工作过这么长时间了，还惦记着跨专业考北大呢？说实话，咱们R大在国内也算名气不小了吧，很多人一辈子都考不进来，你怎么还有北大情结呢？”

“就是不想这么下去了。”

不想再跟金融打交道，不想再干“996”的单调工作，不想再过鸡飞狗跳的办公室生活。虽然，大部分人都是这么将就着活过来的。

帝都，名校毕业，高薪工作，你还想怎么样?

林絮，你还想怎么样?

可她就是知道，她不要再这样了。

冬日破败的县城老街，仿佛看热闹般在夜里亮起了夸张夺目的彩灯，以此来迎接这个从北京丢了工作回来的见过大世面的名校毕业生。

林絮打开门锁，把行李拖进门，回到了黑漆漆的空无一人的家。妈妈应该是去值夜班了，至于爸爸，应该又出去喝酒了。

果不其然，她刚按亮台灯准备把行李箱打开，就听见了“哐哐”的砸门声。

“你到底想怎么样？作死是不是？”爸爸刚一进门，就一脸恼怒地拿空酒瓶用力戳了戳她的胸口。

她没有说话，只是搀着男人脱鞋脱大衣，被他一路推搡着往屋内走，终于将他扶上了床。

“多好的工作啊。”爸爸四仰八叉地躺在床上，蹙着眉头醉醺醺地嘟囔着，“你就‘作’吧，你就知道‘作’……”

林絮回到卧室，关上了房门，漠然地坐在书桌前，盯着台灯散射出来的惨白光线愣愣出神，直到眼睛酸胀难忍。

妈妈劝过她，说不想在企业干了就去考公务员或者考银行，还想读研的话就考个本校的金融专硕，她摇摇头说，不了，不想干金融了。

在社会上锤炼过的成年人，辞掉中关村的高薪工作，跨专业考北大中文系的研究生，任谁看来都是吃饱了撑的瞎扯淡。

成年人是没有资格做梦的，成年人付不起做梦的代价和成本，成年人的眼里不配有光芒。

可她不要再做这样的成年人。

她心中烦乱，索性一边收拾行李一边整理房间。

初高中时候的课本笔记被她一股脑儿地从大书柜里掏出来重新清理，一个本子翻开，一张破了角的皱巴巴的照片从夹缝里一下子溜了出来，轻飘飘地落在了地上。

照片上，少年有着好看的眉眼，笑容似暖阳灿烂。

她弯下腰，缓缓将它捡起，愣愣地看了许久，用指腹轻轻地描摹着他脸上的每一处轮廓，温柔地笑了起来。

想当年，当年，她自己竟然还干过偷照片这样的蠢事。

“老师老师，她叫林絮，十班的，作文写得特别好。”

“反正我清华北大都考得上，你们文科生肯定都想考北大吧？咱们一起考北大怎么样？”

“我明白你的意思，所以我才发自内心地佩服你，你很厉害，真的。”

“所以你必须得和我一样骄傲，不能再不自信了，知道吗？”

回忆像循环播放的电影慢镜头，帧帧幕幕，清晰如昨。

这么多年，她其实并不是很愿意回忆。回忆里的那个人，在她的生活中消失得彻底，却在她的脑海里阴魂不散，摇头摆尾，晃来晃去。

午夜起风的校园里能看见，人头攒动的车站地铁站能看见，插上耳机闭上眼还能看见。

那个家伙，他一直都过得很好。

当年的市高考理科状元，差了 10 分没念成清北，被上海交大录取。大学期间当了校学生会主席，拿了四年国奖，绩点很高保研到了复旦，大二那年交了个女朋友，特别优秀特别漂亮。

上帝不会亏待他的，她从来就知道。

或许正因为这样，所以这么多年过去了，她才依然会有不甘。

那些忘不掉的，就这么记得吧。

她遇见过他，她会记得。

林絮最终还是决定去市里复习考研。临走前她收拾行李，在翻找书桌抽屉的时候，看到了一支躺在角落的绿色荧光笔。荧光笔早就已经不能用了，但她还是将它轻轻地捡了起来，把它和那张破损的旧照片一起塞进了行李箱的夹层里。

她想把它们装进行囊，让它们陪伴着自己，去踏上另一段漫长孤单又艰辛无比的旅程。

实验中学的图书馆里有不少空位，她托老洛帮她找了个教职工寝室住。

跟一帮比她小了快十岁的孩子一起学习，一起吃饭，一起感受他们的生活喜悲，她感觉自己整个人都年轻了许多。

这里有些温馨的回忆，也有些心酸的回忆。高中毕业时，她觉得市实验留给她的心酸是远大于温馨的。如今看来，却恰好相反。

小姨家的表妹今年正好考到了市实验，林絮偶尔会跟她一起在食堂吃午饭。

“别听我妈她们瞎说。”小表妹咬着鸡腿，语气十二分诚恳地看着她说，“还说你找不到工作，R 大毕业可能找不到工作吗？我觉得你辞职考研，拒绝相亲不谈恋爱，都特别酷。”

林絮苦笑。

如果一开始就走对了路，她也犯不上辞职。

如果能遇到个真心喜欢的人，她也很想谈恋爱。

她一点都不酷，她其实是个很惨的人。虽然她顶着“640+”的高考成绩说自己惨，肯定会被小表妹唾弃为矫情。

“对了姐，下午我们班元旦演出，在大礼堂，你要不要来？”

“我得复习。”林絮摇摇头。

“你就去呗，也不差这么一下午。我表演节目，想让你帮我录个视频。”

“好吧。”林絮皱皱眉头，“表演什么节目？”

“唱《小幸运》。”小表妹甜甜一笑，难为情地压低了嗓音，“跟我暗恋的男生合唱。”

“原来如此啊，那我得去。”林絮眨眨眼，开玩笑道，“去看看我未来妹夫长什么样。”

“嘘！”小表妹急了，四下张望一番，“姐你小声点！还不是男朋友呢！”

“挺好的。”林絮抬起手，轻轻拍了拍小表妹的头。

“什么挺好的？”

“我是说，能有一个喜欢的人，挺好的。”她意味深长地笑了。

林絮快忘了自己有多久没踏进过这个礼堂了。

她挑了个角落的位置坐下，以免自己挡到弟弟妹妹们观看节目。黑压压的人影在绚丽灯光下模糊失真，让她有一瞬间的恍惚，仿佛下一秒钟身边就会有个挎着单肩包的吊儿郎当的少年突然出现，拍拍她的肩膀，一脸好奇地顺着她的视线看过去，问她：“你在找谁呢？”

我在找你啊。

这么多年来，我一直在找你。

我真的，好想念你。

台上话筒震耳的试音声让她瞬间回过了神。

工作过几年的人了，脑海里编排的还是些校园言情小说的狗血桥段，男主角还是那个曾经惊艳了她时光的十七岁傻小子。

林絮，你太蠢了。

她靠在椅背上，兴致勃勃地观看台上的小妹妹们表演《创造 101》的主题曲舞蹈，舞台上闪亮璀璨的射灯晃得她揉了揉眼睛。

开场舞结束，报幕的主持人小姑娘缓缓走上了台，甜美动听的女声在话筒里徐徐响起。

“接下来的节目很特别，是一场学习经验分享会。

“分享者大家早有耳闻，我报出他的名字的话，台下的同学们，尤其是女生，肯定会尖叫。

“他就是我校 2012 级高考状元，我们理科一班的直系学长，叶风学长。大家热烈欢迎！”

掌声雷动的礼堂里，尖叫声欢呼声穿透她的耳膜，快要把她震聋了。

近十年的梦境和现实突然在这一刹那重合，她清晰地听见了自己的心脏在胸腔里剧烈跳动的声音，仿若躁动的鼓点般，咚咚，咚咚。一道从第一排起身上台的身影浸入炫目的七色光影中，模糊不清。

眼前这个人，是她的叶风。

那个她爱了很久很久的，她的少年。

第二十九章

如果我们不曾相遇 /

台上灯光温暖明亮，毫无保留地打在他毛茸茸的头发上，洒下上帝一贯偏爱的追光。

这么久没见，林絮还是一眼就能认出他。他不知道从哪儿弄了件秋季校服穿在了身上，是当年他借给自己的那件吗？

那件校服，也曾经被他轻轻地披在她的身上，刺鼻的薰衣草味洗衣粉香气在她的鼻腔里汹涌了这么多年，让她至今头脑发昏。

灯光映衬下眼前人荡开的灿烂笑容依旧像一种蛊惑，让人生生被晃瞎了眼。

“大家好，我是实验中学 2012 级毕业生叶风，现在在复旦大学读研三。今天受徐老师的邀请，来给咱们一班的同学讲一讲学习方法。”

台下掌声雷动，林絮静静地注视着他，眼眶酸涩，视线渐渐模糊。

“其实我吧，”叶风挠了挠头，不好意思地笑了，“真的不会什么学习方法。”

台下的同学们纷纷笑了起来，她也跟着破涕为笑。十年过去了，他似乎还是当年那个冒失莽撞的傻小子，一丁点都没变。

“其实我今天来学校，主要是想看看老师，后来听说咱们班有个班会，就打算来跟大家聊一聊，毕竟我现在也大你们快十岁了。

“学习方法我是真讲不出来，也不想拿一些网上能搜到的东西来糊弄大家。”

他静默了半晌，转了转眼珠，忽而眼睛一亮，说：“要不我给大家讲一个故事吧。”

“好！”同学们大声附和道。

“不过不是我的故事，是你们的一个学姐，她的故事。”他的目光落在了远方，神情安静温柔，“她叫林絮，我们那年高考的全市文科前五名，考上的是 R 大。”

时间仿佛静止了。

周遭闹哄哄的人群突然变得分外安静，静得只剩下他的说话声，和她的心跳声。

“你们这个学姐啊。”他回忆着，淡淡笑了笑，“我以前就经常跟别人说，她是我见过活得最累的人，但我是真的很佩服她。

“因为我从小就不是一个特别努力的人，能成绩还挺不错，也就是仗着天生的那么点小聪明。她是我见过的少有的特别拼命的人。是真的拼命，不是学到半夜两三点或者连上厕所都在背单词的那种拼命，而是和命运较劲，永远都不肯服输。她曾经送给我一句话，这句话陪伴了我很多年，给了我很大的动力，所以现在我想把这话送给你们。

“To win the world，去赢过这个世界。

“其实我讲这个学姐的故事，是想跟你们说，永远不要轻易地否定自己。去做你们真正想做的事，去追求那些看似不切实际的梦想。如果对自己当下所处的这个世界不满意的话，就自己去创造一个新的世界，用它来打败现在的世界。

“我说完了，谢谢大家。”

澎湃汹涌的掌声里，林絮的身体一直在颤抖。晕开了妆的眼睛一瞬不瞬地盯着台上的人，仿佛下一秒钟她就要站起来冲到他面前，紧紧地抱住他说，我好想你。

这么多年，我真的好想念你。

不去管以前，不去管未来，只是紧紧地抱住他，哪怕一秒也好。

可以吗?

直至他下台，离场，她的目光都一直紧紧地黏在他的身上。然而她终究没有起身追上他，大大方方地问候一句：“好久不见啊，叶风。”

好久，好久没见了。

她僵直地坐在座位上，看着报幕的小姑娘举着话筒上台，说：“感谢叶风学长的经验分享，有请下一组同学演唱歌曲《小幸运》。”

小表妹和小男生登场，默契十足的合唱，却恰如其分地渲染着悲伤。

“与你相遇，好幸运，可我已失去为你泪流满面的权利。”

我早已失去了和你重逢的勇气，也从来都没有抱一抱你的权利。

大学四年，她时常站在校门口通往对面马路的过街天桥上愣愣地俯瞰桥下的夜景。北京西三环的夜晚，流光溢彩的璀璨车灯铺展成一条缓慢流动的熠熠星河。

她在 R 大过得并不快乐。

高考时被父母强迫报了自己不喜欢的金融，在强者如云的名校里争抢奖学金和学生会的留任资格，为了综测加分去争取一个个不感兴趣的科研立项机会，在期末考试前不要命地把专业课书本一口气往嘴里塞，到最后也不知道自己究竟学会了些什么。

在那个小小县城里，她是顶着光环考上名校的优秀毕业生。在R大紧闭的校门里，她做回了干啥啥不行专业成绩吊车尾的小透明。

小圈子里的功利气息，小社会里的官僚作风，她通通都不喜欢，通通都不适应，却逼迫自己说，他们是对的。

学金融是对的，因为能挣大钱，因为有前景。

真的是这样吗？

天桥对面的巨幕影城闪烁着刺眼的灯牌，一对对校园情侣或者高薪白领捧着DQ冰激凌或者麦当劳水果茶从影院的门口进进出出。

他过得好吗？也会在刚领了奖学金的夜晚牵着女朋友的手去电影院看电影吗？

北京地铁里风声呼啸，人群行色匆匆，那么上海呢？

东方明珠塔耸立的黄浦江畔，一定会有比西三环更加动人的夜色吧？

她突然在想，如果十多年前，那个怯生生的成绩糟糕的小姑娘没有遇见他，如果他这样一个耀眼又闹哄哄的男孩子没有在她的生命里出现过。

那么如今的她，连同她的青春一起，又该是怎样一副面孔呢？

她会甘心做一个普通的女生，没那么大的野心，没那么多的不甘心，命里有时终须有，命里无时不强求。

可她还是遇见他了，真真切切地，从此便有了执念，有了不甘，事事强求。

黑白默片般呼啸而过的青春里，他是那么浓重的一抹亮色。

让她怀念至今。

伴随着歌曲伴奏结束的背景音，林絮收拾好书包，默默走出礼堂，回到了图书馆的座位上。被翻开两页的《中国文学史》纸面陈旧泛黄，却在金色阳光的照耀下熠熠生辉。

她遇见过他，真真切切地遇见过。

成长里那些想不通的心事最终都会被解开，他却是她永远也绕不开的。

尽管她拼命地逃，每逢绝境低谷里，他还是会成为她心上唯一的一抹亮光。

她想，在所有人都反对她，都不看好她辞职考研的当下，如果他在，他一定会站在她的这边。

他和她拥有着那样迥异却相似的灵魂。他不懂她的软弱和退怯，却偏又懂得她的执着和不甘。

所以他才曾不止一次地问她说：“林絮，你能不能再勇敢一点？”

是啊，她为什么不能再勇敢一点呢？

连他那样骄傲的人都说过，她可以再勇敢一点的。

她为什么会对他念念不忘这么多年，林絮想，她终于找到了答案。

尽管他说过佩服，说过怀念，唯独没说过喜欢。

晚上回到寝室，林絮洗完澡后吹干了头发，趴在床上开始跟九梅煲电话粥。

“住宿什么的都安排好了？”

“嗯。”

“行，你加油学，等你好消息。”

“好。”

“对了，你看朋友圈了吗？鹿鸣办婚礼了，在M国。”

“呃？是吗？”她笑了，“我还没看呢。”

“我感觉啊，”九梅压低了嗓子，一本正经地说，“他那个老婆长得特像你。你说他是不是一直对你旧情难忘啊？”

“你别乱猜，怎么可能。”林絮嗔怪道。

“我就纳了闷了，他大学四年都没找女朋友，应该一直在等你吧？你又没遇上喜欢的，怎么就不答应他呢？你说他对谁都冷冰冰的，偏偏对你是真的好，我劝过你多少回跟他试试了？你就不听。”

“因为不够喜欢啊。”林絮苦笑。

“得了吧你，你懂什么叫喜欢吗？连个恋爱都没谈过。”

“欸，纪九梅，你早恋了不起是不是？”

她怎么会不懂喜欢。

心动的感觉，就只有在那个人面前才有过。这么多年过去了，竟然依旧只有在那个人面前才有过。

但她坚信，她早晚能遇见一个比他更能让自己喜欢的人，她还坚信这个“早晚”早晚会来。

“哎，对了，听洛一川说，叶风今天回咱高中了，带着他那个谈了好几年的女朋友，你见着没，长得漂亮不？”

“没看到。”林絮轻描淡写。

“你说他当年跟夏茉那么如胶似漆的，高考之后竟然还是分了，听说夏茉现在在厦门交了个富二代男朋友，每天给她买包包，就是那男的长得吧……啧啧……”

“你以为有几对情侣真能从校园走到婚礼啊？所以啊，纪姐，好好珍惜你家洛哥哥吧，打算什么时候结婚啊？”

“明后年？等你变成北大生，带着校徽来给我当伴娘。”

“你够了啊纪九梅。”林絮撇嘴说道。

“行了行了，早点睡觉，明天早起看书。”挂断电话前，九梅信誓旦旦地跟她说，“想找人说话就打给我，纪姐一直陪着你。”

嗯，她知道的。

高中毕业近十年，她跟许多高中同学都断了联系。岁月的浪潮冲刷掉太多深深浅浅的记忆，有些人却一直不曾离去，比如九梅。

而有些人，却像遗留在岸边的贝壳，被她小心翼翼地盯着守着，却迟迟不敢捡起。

比如他。

第三十章
他为谁披上白婚纱 /

考研复习的日子远比林絮想象中的要更难熬。

全新的专业课知识，无论她翻来覆去地背了多少遍课本，很多考得深或者考得偏的题目她依旧还是一个字都答不上。工作几年扔了英语，考研英语的试题难度对她而言并不低，阅读里满是生词的句子段落让她理解起来十分吃力，答起题来一个接一个地出错。

每当她感觉到坚持不下去的时候，她就会把手机掏出来，按亮屏幕去看一眼锁屏壁纸上那个简单却刺眼的英文短语。

To win the world.

用自己创造的世界，来打败现在的世界。

曾经，在漫天的烟花雨里，她把这句话送给了他。

后来，在大礼堂的讲座上，他把这句话重新送还给了她。

这句话支撑着她，在她疲惫动摇的时候给她力量，在她困惑迷惘的时候为她解答。

在长达两年的复习生活中，她孤单痛苦过无数次，也绝望挣扎过无数次，但她从未选择过放弃。

因为不曾选择过放弃，所以她最终还是挺过来了，并且幸运地得到了命运给予她的回报奖赏。

她终于来到了北大。

经过两年的磋磨，她的心性成熟了不少。以至于如今来了北大，反倒心思沉静，没了年轻时的热血沸腾。

未名湖边的桃花开了，就在前几天。

为了帮导师准备书画古籍展的资料卡片，她已经在学院办公室熬了将近一周了。今天上午终于完工，吃完午饭，她挎着单肩包走到了湖边，打算好好地闻一闻花香。

高中的时候，贺舒婷的励志文章《你凭什么上北大》风靡市实验，曾经被她打印出来贴在寝室的墙壁上整整三年。

她至今都能默背出来文中的第一句话：“未名湖边的桃花开了，就在前几天。”

未名湖边的桃花开了。

高一分科后的第一次期中考试，她考了年级第一名。出成绩那天，她跟他一起在串串店吃饭，他目光灼灼地对她说：“咱们一起考北大怎么样？”

北方小城的高中校园里，连树都没几棵，更别提花花草草了，一点都不好看。那天晚上，她躺在被窝里望着粗糙的床板愣神，在心里笑盈盈地回应他：“叶风，等我们考上了北大，就可以一起去未名湖畔看桃花了。”

我们一起去。

如今回想起来，也算圆梦，只是他不在。

听说他在上海的一家银行工作，薪资待遇还挺不错的。她坐在湖畔的一方石凳上，托腮望着眼前如明镜般平静无波的湖水，在心里轻轻地问："叶风，什么时候来北京，我带你看看未名湖畔的桃花。"

微风吹皱一池春水，她微微弯了嘴角，像是自嘲的苦笑。

何必呢。

事到如今还这样乐此不疲地自我折磨，何必呢？

"那个，同学，你能不能帮我个忙，我把手机掉你们湖里了。"

林絮的肩膀突然被人轻轻拍了拍，熟悉的声音让她仿佛瞬间触了电。她一个激灵转过身，眼神呆愣地瞧着眼前人，脸上的表情复杂汹涌。

"叶风。"她说。

没有她在脑海中排演过无数次的久别重逢时的夸张哭泣和拥抱，她只是平静地，脱口而出他的名字。

"林，林絮？"叶风眼神一片茫然，反应了半天，才不好意思地摸了摸后脑勺，"真的是你啊？你这变化也太大了吧，我都不敢认了。"

她笑了，嘴角刚扯起来，就不争气地有点想哭。

"你是怎么一眼就认出我的啊？"他问。

因为你是叶风啊。

因为你是叶风，所以我永远能认出你，你懂不懂啊傻瓜。

"你没什么变化啊。"她笑笑说。

"对了，我手机，刚才我拍照的时候把手机给掉湖里了，你们这儿有没有什么东西能给捞出来啊？"

她无奈地笑了，找了附近值班的保安大哥拿磁铁帮他把手机捞了出来。因为在水里浸泡了太久，手机已经开不了机了。他低头不停地鼓捣着按键，脸上的表情既崩溃又无奈。她实在忍不住，哈哈大笑起来。

笑出了十几年的想念和悲伤。

“别笑了！太不厚道了你！”叶风气急，瞪了她一眼，“手机打不开我可是真是身无分文了。”

“你怎么会来北京啊？”她问。

“来北京办个业务，今天中午正好有空，就想着来北大转转。”

“走吧，带你去学校修手机的地方把手机修一下。你怎么能这么搞笑，拍个照还能把手机给掉水里？”她又笑了起来。

“没拿稳嘛，”他无奈地撇了下嘴，“走吧。”

维修师傅说手机得晚上才能修好，林絮主动开口：“晚上我请你吃饭吧，不然你连晚饭都没得吃。”

“那谢谢了，等手机修好了我转账给你。”

“算了，你都来北京了，当然得我请你啊。”她歪头问他，“想吃什么？”

“我对这儿也不太熟，你推荐吧。我住的酒店在 R 大附近，下午我得回去开个视频会议，结束了我直接去饭店找你。”

“R 大？R 大我熟，我记得学校东门马路对面有一家‘撒拉花儿’，我读本科的时候经常跟室友去吃，你爱吃新疆菜吗？”

“好啊。”

“嗯，那你先回去忙吧，到时候见。”

她站在地铁站门口，目送他的背影顺着扶梯消失在汹涌的人潮中，半晌没有回过神来。

客套却不生硬的寒暄，十年过去了，她等的就是这一刻吗？不该再说点什么吗？

然而他们缺席了彼此十年的漫长人生，如今偶遇，又还能再说些什么呢？

他靠近她，从来都比她靠近他要容易得太多。

可这十年来，他却从未想过要靠近她。

于是只能把汹涌而来的想念强压下去，用轻松自如的笑容来掩饰内心的慌乱。

为了她苦守了这么多年的尊严。

林絮终究还是没了尊严。

刚跑回寝室她就洗了个头，又对着镜子重新化了一遍妆。她的心一直扑通直跳，从洗头开始，到如今坐上了去 R 大的地铁，她依旧能感觉到血液汩汩流过太阳穴的声音，脸颊更是红得发烫。

才下午三点多，她出发这么早到底是要去干吗啊？

她在 R 大地铁站下了车，从 R 大校园里绕了一圈，把她大学四年里吃过的自以为好吃的食堂饭菜和超市零食买了个遍。出了东校门，她又直奔门口的几家网红小店，狠命搜罗一番。提着大包小包，她再次踏上了地铁，坐一站到隔壁的 M 大下车。凭着记忆，她在 M 大西门外的餐饮街买了好多口味独特的糕点和小吃。

大学四年里她吃过的美食，大概逃不过这几样了。大一那年，她从小县城第一次来到北京，实在没见过什么世面。校园里或者学校附近有什么好吃的，她都会不自觉地记下来，想着以后如果有机会的话，可以带他来尝尝。

如果未来，他们会有机会的话。

等她终于忙活完的时候，已经将近下午五点。下了地铁后，她边走边对着包里的小镜子理了理妆发，然后轻轻地推开了饭店的玻璃门。

“你这是干吗？”叶风望着她手里提着的大包小包，一时哭笑不得。

“我下午回了趟R大，看到附近的店铺还在卖当年比较有名的一些小吃，就想着咱们可以一起尝尝。”她的脸微微红了，不好意思地咧开嘴笑笑，“不小心买多了。”

“可以啊，尝尝你们R大的美食。”他起身把她手里的塑料袋悉数接过去，然后抬了抬下巴示意她坐下。

“这里有肉夹馍、紫菜包饭、抄手、鸭血粉丝汤和炒酸奶，你看看先吃哪个。”她把桌上的塑料袋一一解开。

“你确定咱们还点菜吗？”他笑着问她。

“当然要点啊。”她翻开菜单，“这家的牛奶饭、包菜炒馕和沙拉我吃过，都特别好吃。”

“好。”他被逗笑了，“那就这些吧。对了，你喝酒吗？”

她犹豫了一下，点了点头。她平时不怎么喝酒的，只是今天，突然有些想喝了。

“那再来两罐啤酒。”他对照着菜单跟服务员点完了菜。

“在北大的读研生活怎么样？顺利吗？”

“嗯。”

“当时洛一川跟我说你辞职考研的事我还不信，不过回过神来一想，也没什么好惊讶的。”

“我当时可真是众叛亲离。”她无奈苦笑，“感觉全世界都在反对我考研。”

“那是因为我不在。”叶风挑了挑眉，得意地笑了，“我要是在，肯定在你大一的时候就劝你赶紧换专业。人生苦短，做自己喜欢的事最重要。”

是啊，因为你不在。

她愣愣地看着他，把嘴唇咬得微微发白。

“对了，听说鹿鸣结婚了？”

“嗯。”

“那小子，”他翻着眼皮回忆了一会儿，目光又落回到她身上，试探地问，“当年你俩……”

“我俩真没什么，都是误会。”她急急解释。

他神色顿了顿，然后释然一笑，说：“嗯，都是误会，都过去了。”

几盘菜和两罐啤酒都上了桌。

她示意他尝菜，他点头，顺便开了罐啤酒。

两人闷头吃饭，一时无言，只有身后的音响突然被店员切了歌，轻飘飘地溜出来一句：“我对你付出的青春，这么多年。”

我对你付出的青春，这么多年。

冷清的门店里，林宥嘉慵懒迷幻的嗓音恰如其分地渲染着悲伤。

“我也要结婚了，下个月。”叶风嘬了一口啤酒，突然开口，不紧不慢地说。

“是……是吗？恭喜。”她的心脏倏地漏跳了一拍。

杵在餐盘里许久的筷子终于被她放下，她看向他，想努力绽开一个真诚的笑容，却终究还是面部僵硬，笑得有些假了。鼻腔里酸涩翻涌，胸口更是堵得厉害，她心中烦闷，“啪”地扯开了手边啤酒罐的拉环，仰着脖子将酒咕咚咕咚地灌了下去。

他愣住了，有些惊讶地看着她。

“不好意思啊，有点渴。”她咧咧嘴，尴尬地笑了。

男性歌手的歌声仍然盘旋在她的耳畔，一阵一阵，没完没了，像催泪弹。

你别再唱了行不行？！

她埋下头，一颗一颗地往嘴里送着沙拉里的玉米粒，像麻木的机械运动。

直到十多分钟过后，沙拉里的玉米粒被她全部捞完，她才终于缓缓抬起头，打了个响亮的饱嗝。

对面的人瞧了眼她，笑了起来。

能不能别再这样笑了啊，叶风。

太好看了，我受不了。

酒罐里的酒被林絮喝得一滴不剩。

她眯着眼睛，右胳膊撑在桌子上托腮望着他，呵呵地傻笑个不停。

“一直看着我干吗？”他失笑。

“好看。”她的脸颊是微醺的潮红，黑漆漆的一双小鹿眼里盈满了笑意。

他夹菜的动作一顿，愣了半晌，才端了端身子，笑着说：“你喝多了吧。”

她嘟着嘴，噙着笑一个劲儿地摇头。

“叶风你知道吗？从我看见你第一眼开始，就觉得你长得特别好看。你只要坐在这里，像现在这样，什么都不用做，我就永远也看不够。

“但我喜欢你不是因为你长得好看。”她依旧笑，用力地摆了摆手，“你的眼睛里有光，你往哪儿看，哪儿就被你‘噌’地点亮了。

“你看向我的时候，我觉得，我也被点亮了。跟你在一起的时候，我也会发光。

“有那么多人喜欢你，好多人喜欢你，但她们都比不上我喜欢你。

“我喜欢你，很久，很久，很久了。”

她突然起身，身子斜斜歪歪地朝他扑了过来，张开手臂，缓缓地圈上了他的脖子。

叶风的脸上有一瞬的慌乱，两只手臂直直僵在了身侧。

“林絮，你……”

“嘘！”

她把食指比在自己的唇畔，示意他不要说话。她的脸离他这样近，近得能清晰地描摹出他的眉眼，感受到他急促的鼻息。只要稍微再往前凑一凑，她就能吻上他的唇了。

她没有凑上去。

她只是静静地，一眨不眨地盯着他的眼睛看。一直盯到她泪眼模糊，连他的表情都彻底分辨不清，她才低下头死死地捂住了脸，“哇”的一声大哭了出来。

眼前的这个人，是她的心上人。

他是她遇见过的最美好的人，也是她遇见过的最烂的人。

当初是他先招惹她的啊。

可招惹完他就走了，再也没回头看过她一眼。

她曾经用尽全身力气靠近他，却终究离他越来越远。

一点办法都没有。

她不知道自己究竟哭了多久。

直到眼泪都快流干了，她才终于舍得一把推开他，起身抓起座位上的单肩包，大声招呼了一句“老板，买单”，然后用力挣开了他拉住自己的手，扫码，推开店门口的玻璃门，迎面灌下一肚子冷风。

他要结婚了。

十几年前的那个初一女生，坐在单杠上望着被浅蓝色墨水晕染过的一方天空的时候，会不会猜到早晚有这么一天呢？

原来没有结局就是他们的结局，更确切地说，是她的结局。

“林絮！”他从身后急急追上她，“你喝多了，我送你回学校。”

她停步，歪头看向他，含着泪光朝他绽开了一个灿烂的笑容，然后笑嘻嘻地比画出了一个“OK”的手势。

他愣住了，缓缓松开了抓住她手腕的手。

她大踏步地向前走过去，午夜街头，红绿灯路口空无一人。她头也没回，却高高挥起了手，大声地对他说："再见啦，叶风！"

再见了，我全部的青春。

期末考试周，林絮黑白颠倒地码论文和复习考试，连续两周没刷朋友圈和微博，但她却一点也没觉得累，反而有发自内心的丰盈感和满足感。

她越来越庆幸自己选对了专业，过上了能说服自己的有意义的人生。

最后一门考试结束，她拿着打印好的论文去导师办公室交作业，回来的时候突然下起了倾盆暴雨。她举起书包挡雨，一路小跑着奔回了寝室。等她坐在床上把头发擦干后，刚点开微博，就看到了他发的第一条动态。

一张红底白衬衣的结婚照。

女孩子很漂亮，两个人很登对。

挺好的。

她发自内心地笑了。

年少时，她望着他，就像是望着月宫里的神仙。长大后，她才明白了他不过是个运气还不错的普通人。

他有本事骄傲一辈子，有本事把寻常普通的日子过得酣畅淋漓。他有更大更远的世界，有宽广辽阔的人生，他一直都过得很好很好。

时空交错又分离，他们踏上了不同轨道的列车，再不相遇。

但她记得，她曾遇见过他的。

真真切切地遇见过。

那天晚上，她睡得很沉，做了个长长的梦。在梦里，父母、老师和朋友将她团团围住，厉声逼问她，说：“林絮，为什么要任性？为什么要辞掉高薪工作，去念什么冷门儿专业的研究生？为什么要瞎折腾？为什么非得过上你眼中有意义的人生才甘心？”

她支支吾吾，坦白招供，说，因为她遇见了叶风。

就是那个自信又自由，过日子像演电影一样，把每一帧都演得生动精彩的毛头小子叶风啊。

四周突然安静了下来，静得能听到她紧张急促的呼吸声。

“那你喜欢叶风吗？”不知是谁，不辨方向，突然问她。

她笑了，露出一排整齐的小白牙，没有犹豫，大方点头，满眼欢喜。

她说：“嗯，喜欢。”

原来啊，暗恋也不过是这么一件难过的小事。

– 全文完 –

叶风番外

当遗憾已是遗憾 /

她是他见过的所有人里写字最好看的。

这是叶风对林絮的第一印象。

自习课上，他在一遍遍地抄写眼前这篇优秀作文的时候，视线总是有意无意地扫过卷纸左侧姓名栏里那个陌生的名字。

林絮。

初一（10）班。

十班还有个作文写得这么好，字还写得这么好看的女生吗？他竟然从来都不知道。

她应该是个什么样的女生呢？

他记得林黛玉说过一句什么“柳絮因风起”，是林黛玉说的吧，他应该没记错。所以在看到“林絮”这个名字的时候，他的第一反应是觉得，她肯定是个像林黛玉一样的女孩子。

漂亮、有才气、娇弱，但还有点性格……仅仅是直觉，直觉里，她跟他认识的那些女生绝对是不一样的。

怎么可能一样呢？

叶潇的作文他不是没看过，被老师吹嘘得和什么似的，在他看来也不过就那么回事。套模板呗，每次考试的作文都换汤不换药，像复制粘贴的一样。字写得也一般，像打印机打出来的，工整是工整，但是毫无特点。

越对比，他就越觉得自己发现了宝藏。这个女生的作文，无论是字迹还是内容都特别有“个性”，特别符合他的“审美”。

果然高手在民间，现在的高手，都这么低调的啊？他抄得手都快折了，心情却忽然还不错，美滋滋地哼起歌来。

放学回了家他就要把这篇作文拿给叶潇看看，灭一灭她每天不知道从哪里来的威风和优越感。

叶风也没想到，自己能在放学后打会儿游戏的工夫，就遇见了这位折磨了他一整天、让他崇拜了一整天的“高手”。

见到她的第一面，叶风就只是觉得，她长得真的好小啊。

很小只的一个，刘海和马尾都毛茸茸的，像只小幼兽。粉扑扑的娃娃脸，眼睛很大，眼珠漆黑透亮，看向他的时候眼神却总是回避，有些怯。

是挺漂亮的，也挺柔弱的，他想。但她怯什么啊？他很可怕吗？他性格这么好的一个人，还会给人距离感吗？不应该啊。

他猜测她大概是不擅长和陌生人打交道，所以特别紧张。不过没关系，他擅长啊。一回生二回熟嘛，聊上一会儿就熟了。

他开始主动找话题，问她，你名字是不是有典故的？

她愣了一下，然后摇头说，没有，就家里人随便起的。

哪里随便了？他反驳说，我有证据，林黛玉说过一句话，“未若柳絮因风起”，这就是你名字的典故。

她又是一愣，然后忽然笑了，笑个不停，快把眼泪都笑出来了。

叶风弄不明白到底有什么好笑的，一脸困惑地看着她。

“林黛玉是咏过柳絮。但那句话不是林黛玉说的，是谢道韫说的。而且那句话也不是咏柳絮的，咏的是雪。”她笑够了，解释道。

他呆愣住，挠头，有些不好意思地也跟着笑了。

“这样啊，”他认真诚恳地夸奖她，“我在语文这方面什么都不懂，你怎么这么厉害。”

他看到她的脸腾地红了，很害羞地摇着头说没有。

她怎么这么有意思。她越害羞，他就越想夸她。

“真的厉害，特厉害。”他变本加厉。

在他看来，过分谦虚是病，得治。优秀的人就该被多夸，不然他们怎么知道自己究竟有多优秀？

关于自己是从什么时候开始喜欢叫她“林妹妹”的，叶风有些记不清了。好像从认识她以来，他就一直把她当成自己的小妹妹来看待。

小小的，迷糊，没自信，不爱说话，一躲进人群就往边边角角的地方钻。课间操的时候，同班的哥们儿问他哪个是写优秀作文的林絮，他找了好半天，才在十班女生队伍的最后排看见她。

那么小一只，还总爱往角落里缩，生怕别人能发现她、认出她。说句大言不惭的，能让他叶风心生佩服的人，整个操场上大概就只有她一个。

让他这么认可这么欣赏的人，凭什么要这么低调？

在他的认知里，她跟他一样，也是个灵魂燃着火的、发着光的人。她到底在怕些什么啊？

她的野心和努力让他敬佩惊喜，她的怕和不自信却让他非常别扭难受。

也许是真的把她当亲妹妹了，他对她拥有了一种潜意识里的保护欲。

怕她的努力得不到回报，怕她因为一两次的失败就觉得自己不行，怕她一做错点什么事就责怪自己，怕她脾气太好被人欺负……

她和他可不一样。什么事让他不爽了，他会直接说出来。她心里不舒服的时候，却只会忍着。

所以在得知她中考成绩不理想的时候，他突然有点无措。他不敢去安慰她，因为他考得太好了。那段时间他甚至在想，如果他是因为运气太好才拿了这么高的分数的话，能不能把这些运气分给她一点。

把运气分给她一点，把分数也分给她一点。

他那么宝贝的分数，分给任何人他都不可能会愿意的。但他愿意分给她，因为她真的比他努力太多了。

她不该来不了市实验。

他有点没办法想象，未来的三年甚至很多年的生活里，失去了她这样一个和他志趣相投、灵魂相似的战友，他究竟会不会感到遗憾。

肯定是会有遗憾的。

如果今后，他的生活里再也见不到她的话。

从小到大跟他告白过的女生很多。

但他从来没答应过谁，也从来没觉得自己喜欢过谁。

他觉得还是学习最有意思，他只喜欢学习，也只想学习。

直到高二上学期的那个寒假，在数学辅导班补习那晚，夏茉忽然亮着眼睛问他："你不答应那些女生的告白，是不是因为你不敢？"

他一愣，问她："我不敢什么啊？"

"因为你怕这种事会影响你学习，竟然连你也会怕。"夏茉耸耸肩，无奈地说。

"不是，"他不解，"我又没遇见我喜欢的，我为什么要答应她们啊？"

"学霸校草眼光就是高。咱们学校这么多女生，就没有一个让你觉得有好感的、合得来的吗？"

有好感的、合得来的？

叶风思索片刻，脑海里莫名浮现出一小只毛茸茸的小兽。一个看上去特别温和无害，却藏着利爪，野心勃勃的小兽。

她最近好像长高了些，看着也没那么小了。

但她那个小脑袋里，除了学习还能装得下别的事吗？"早恋"这个词当着她的面说出来，估计就和"抽烟喝酒""打架斗殴"一样能被她直接拉进黑名单。

"喂！"叶风想着，被夏茉拉回了思绪。

"我喜欢你，叶风，你敢接受我的表白吗？"夏茉忽然起身，坐在他面前的桌子上托腮望着他，卷翘的睫毛扑闪扑闪的。

她问他敢不敢，而不是愿意不愿意。

“我为什么要接受？我又不喜……”叶风话还没说完，就被夏茉打断。

“打个赌怎么样？”她说，“如果今天老师布置的超纲题我能比你提前做出来，你就得接受我的表白，以后每天和我待在一起，怎么样？”

“不可能。”叶风关注的重点完全在超纲题上，“你不可能比我提前做出来。”

就她？一个数学成绩都没上过几回 140 分的？

“你就是不敢赌。”夏茉激他。

“赌就赌，反正我又不可能输。”不为别的，他在数学上的权威地位绝对不容挑战。

他没有想过夏茉竟然真的能赢他，就像他不知道夏茉能把游戏打得比他还好一样。

他不得不承认，他骨子里是个慕强的人。他喜欢强者，喜欢比赛，喜欢赢。他还是个很自我的人。他喜欢挑战一切新鲜刺激的事物，比如看恐怖片和做一些极限运动。即便是被规则束缚的，只要是他想做的，他依然都会去做。

他惊喜地发现夏茉竟然和他是同类。她比他还要大胆，还更加喜欢看恐怖片和冒险。她比他还要自我，还更敢于去冲破规则。

叶风觉得自己跟她玩得还不错，也很喜欢和她在一起玩。

于是他们开始每天黏在一起。他会买东西送她、请她吃饭和看电影。在她遇到危险的时候，他也会及时出现保护她，为她去打架。

然而在他们俩闹掰的那天，她却对他说，叶风，咱俩根本不是一路人。

你永远想往天上走，我根本拉不住你。她问他，留在原地不好吗？享受当下不好吗？你从来都感觉不到累吗？

他摇头说不累。然后她说，她累了。

她选择了留在离家近的城市读大学，选择了接手家里的公司，选择了追求物质和享受，选择了走一条轻松安稳的捷径，选择了一种不劳而获的人生。

那时候叶风才明白，他和她只是性格相似，爱好相近，三观却截然不同。

高考前的那段时间他很消沉。周围的人都以为他是因为失恋而痛苦，只有他自己知道，他心里不痛快，不光是因为他和夏茉闹掰了。

他失去了一个自认为很重要的朋友。

他看鹿鸣不顺眼不是一天两天了。他也不是没从同寝室男生的口中听闻过林絮跟鹿鸣的“八卦”，他只是从来都不信。

他不相信她除了学习之外还能对什么事感兴趣，更何况是早恋这种出格的事。就算她真喜欢上谁了，也绝不可能是鹿鸣那种人。

然而他被她狠狠地打了脸。就在他和夏茉被找家长那天，他来找鹿鸣对质，她挡在鹿鸣身前护着鹿鸣，她没有站在他这边。

他说不出来自己当时看到这一幕的感受。

仿佛有一股气堵在胸口，闷得他发疼。她喜欢上了他最讨厌的人，并且为了这个人站在了自己的对立面。

明明，她和他那么契合，契合到他们喜欢或者讨厌的就该是同一种人才对。

他没办法接受，更是气得不行。第一次，他没控制住自己的情绪，对她发了脾气。他朝她吼，当我是朋友就别走。

别跟鹿鸣走。

因为你是我一个很重要的朋友。一个重要到，让我一点都不想失去的朋友。

可她还是跟鹿鸣走了。她没有回头。

大概是受了点坏情绪的影响，他高考发挥得有些失常。没考上北大，他被第二志愿的上交录取了。

那一年他依旧是市里的理科状元，而文科状元是鹿鸣，被北大光华录取的鹿鸣。她考上了 R 大，会和鹿鸣一起去北京。

都在 4 号线，几站的距离，真还挺近的。真谈起恋爱来，应该也还挺方便。

他也不知道自己为什么忽然想到这些。

高考后的那个暑假大家都买了新手机，换上了自己大学所在城市的新手机号。他买了手机，却特意没有换号。

班上有同学搞了个班级微信群，把他拉了进去。有一些人加他，他加了一些人。

他没有她的微信，洛一川应该有，就算洛一川也没有，纪九梅肯定是有的。

他大概一问就能问到，但他想了想，觉得还是算了。

反正他又没换手机号。

如果她愿意联系他的话，打他电话或者搜他微信都非常容易。

如果，她还愿意再联系他的话。

他遇见楚晚是在大二上学期的期末考试周。

期末考前一周，他在晚饭前把马原课本放在楼梯间的窗台上占了个位，打算吃完饭打会球就回来背书。后来打球一不小心打晚了，他洗了个澡回到教学楼的时候，已经将近夜里十一点。

他刚走进五楼的楼梯间，就看见一个女生正站在他占的位置前背专业课书。女生抬眸和他视线对上，连忙不好意思地把窗台上自己的复习材料都收进怀里，抱歉道："不好意思啊，我看你占了位置一直没回来，就借用了一会儿。"

楚晚笑了笑，温温柔柔地对他说："那我就先走啦，拜拜，你考试加油。"

"没事，你在这儿背吧，我拿了书就走。"他解释道。

大后天上午就考试了，他这马原课本除了画重点那天之外就还没被他翻开过，他就是心再大也多少有点危机意识。

再怎么说也不能让这种公共课影响了他期末的平均成绩。

第二天他起了个大早，几步爬上楼梯，却发现昨晚占了他背书位置的女生居然一直没走。

女孩身材小巧，穿着一条黑白条纹裙子，披肩直发半掖在耳后，正趴俯在窗台上，边打哈欠边一笔一画地在复习资料上圈画着重点，严肃专注的样子忽然让他觉得有些熟悉。

这是他自上大学以来，第一次不受控制地认真回想起林絮。

第一次刻意地去复盘，和她有关的那些回忆。那个在操场上不知疲倦地跑了一圈又一圈、跑满了整整两节体育课时间的小女孩，和眼前这个熬了一整个通宵背书的少女侧影渐渐重叠。

R 大应该也到考试周了吧？她在期末复习时候，是不是也是这状态？

在大学边学边玩地混了一整年，和他相处的人既聪明又能力强，肯玩命努力的人更是不在少数。

可他还是觉得差了那么点意思。

差了那个在他想要滑犯懒的时候，用自己的那股劲推着他往前走的人。

差了那个永远笑意盈盈，能耐着性子听他把所有话讲完的人。

这时候他才意识到，分开后断了联系的这一年，他原来并没有忘记她。

他竟然有些想念她。

可他们已经不再是朋友了。

当初是她不愿意再和他做朋友的，而如今，也同样是她，再也没想过要联系他。

有了自己的爱人，有了新的生活，她大概想不起来再联系他了吧。

她也的确没有必要再联系他。

想明白了这个道理，他有些自嘲地笑了。

他和楚晚因为经常共享五楼的楼梯间而渐渐熟悉了彼此。

后来，他们相处得还不错。

再后来，他们很自然地在一起了。

他们一起备考期末，一起去西藏支教，一起参加大创项目，一起争夺国家奖学金……然后，他们一起准备保研，一起参加各大名校的暑期夏令营，一起被复旦的经济学院录取读研。

心里曾空下来的那一块，被楚晚一点点地填补上。

研三毕业后，他考进了上海的一家银行，楚晚选择了留校读博。他们两个人都二十七岁了，双方的父母说，他们俩该成家了。

于是他们在一月份订婚，打算在半年后领证结婚。

午夜时分，空荡无人的中关村南大街上，叶风愣愣地目送着眼前少女转身离开的背影，觉得自己当下的意识特别不清醒。

何止不清醒，就离谱。

叶风晃了晃脑袋，确认自己没喝醉。喝醉的是她，林絮。

说了一堆莫名其妙的话的林絮。

说喜欢他喜欢了很多年的林絮。

在他面前捂着眼睛哭的林絮。

叶风越想心里越堵，越想越觉得自己真委屈，心脏像被压了块石头，说不上多疼，但就是让他觉得不痛快，特别不痛快。

她说她喜欢他，却从来不告诉他。她说她喜欢他，却让所有人都觉得她喜欢鹿鸣。她说她喜欢他，却在高考之后再也没联系过他。

全是她的错，是她太莫名其妙，是她做的这些事太离谱。

他才没有错，他什么都没有做错过。他告诉自己。

真的全是她的错吗？

高中的时候，是他先和夏茉在一起的。上了大学后，也是他赌着气，明明很想联系她却忍着不肯，在他遇见楚晚之前。

他在有意无意间做了这么多伤害她的事。这么多年，她该有多难过。

然而如果时间再重来一遍，他问自己，他会喜欢上她吗？

那个藏着利爪的毛茸茸的小兽，那个曾让他本能想要保护和照顾的小妹妹，那个曾和他灵魂契合的知己和战友。

他喜欢过她吗？

曾经那么清晰鲜亮的时光，终究被无情的年岁洗净冲淡。他努力回忆着曾经，可当时心里所有的感觉，他都再也看不真切。

他没办法知道答案，因为他们已经缺席了彼此人生的太多年。

因为遗憾已经是遗憾。

他们之间的故事还没发生。

他们之间的故事早已讲完。

鹿鸣番外

最后一次道别 /

鹿鸣曾经一度相信，自己不会喜欢上任何人。

即便他在很小的时候就和夏茉走到了一起，和她之间也不过是一种彼此各取所需的关系，两个人谁也没付出过多少真心。

他心里一直清楚，夏茉说喜欢他，整天和他黏在一起，是出于她作为一个骄傲者的炫耀欲望和虚荣心理。而他愿意被她黏着，也不过是出于同样的心理。

他不会为夏茉放弃或改变什么。更准确地说，他不会为任何人放弃或改变什么。

所以当夏茉以再也不理他为要挟不让他学文的时候，他十分冷静地对她说，随便你。

夏茉说，他在说“随便你”这三个字时的样子，就像个没有感情的机器一样。

同样当着他的面说过他像机器的人，还有叶风。

一年前，在全市中学生数学竞赛的考场上，他因为私心而撒谎说卷子背面没有题，期骗了当时同寝室的一个男生。

叶风在知道这件事之后当场给了他一拳，他没有还手。在叶风想继续冲上来打他的时候，周围的同学拉开了他们。

叶风被拽走前还轻扯了下唇角，眼中敌意分明地对他说：鹿鸣，你就是个没有感情的机器。

后来他拿到了这10分的加分，中考总成绩全市第一名。再后来，他知道了全市第二名是叶风，裸分成绩比他高7分的叶风。

这7分刺痛了他的眼睛，也刺进了他的心里。

高一开学后，他们被分到了同一个班级。鹿鸣习惯了叶风无视他，在班里拿他当透明人。

没关系，他想，反正他已经得到了自己想要的。

反正他永远都不会承认，自己到底有多羡慕叶风。

羡慕叶风得天独厚，拥有与生俱来的自信。

羡慕叶风无忧无虑，拥有喜怒形于色的资本。

在鹿鸣心里，叶风没有资格站在道德的制高点去指责别人。

因为并不是所有人都可以和他一样。

不是所有人，都可以活得和他一样自由轻松。

“市十二中已经发通知了，说会给中考全市前十的学生学费补助。市实验却只答应给全市第一发奖学金。

“中考你要是考不了全市第一，就必须给我去市十二中念。”

鹿鸣忘不了父亲在他中考前给他下过的这道命令。

他没有选择权，他什么都没有。

记忆中，他的童年时代一直伴随着父母的争吵。那个时候他躲在房间里画画，给妈妈画上一张刻薄的面孔，在爸爸的头顶上画了一团火。

后来，刻薄的妈妈拖着拉杆箱离开了，爸爸头顶上的火烧得更旺了。

几乎没有人见过他爸爸真实的样子。那个表面上得意风光的鹿警官，背地里其实是个负债累累的赌徒。

他曾经因为买不起一些东西而被班上的同学欺负。后来他去到另一个城市读初中，决心要把真实穷酸的自己严密地隐藏起来。

他依旧窘迫，却假装活得从容体面。他依旧局促不安，却假装胜券在握，仿佛自己做什么事情都可以驾轻就熟。

他拼命学习，试图依靠自己来改变未来的命运和人生。

命运不给他选择权，他就把自己逼上绝路，背水一战。

甚至，不惜为此变成一个自私的利己主义者。

面具戴得久了就会感觉不到它的重量。

他不相信自己会愿意在谁面前卸下伪装，就像他不相信，自己能够真心实意地喜欢上谁一样。

然而让他没有预料到的是，他居然真的喜欢上了一个女孩。

更让他没有预料到的是，他居然只能暗恋她。

“我以为你一直都喜欢夏茉那样的，”洛一川曾经调侃他，“没想到啊，你竟然喜欢和夏茉完全相反的款。”

“为啥啊？”洛一川一脸不解问他。

为什么喜欢她？鹿鸣没有回答，却在心里静静地思考起答案。

他最开始注意到她，是因为她和自己一样，总喜欢逃体育课躲在班里上自习。

后来他渐渐发现，她在学习上的努力程度超出了他的想象。小小的一团，几乎上课下课都粘在座位上埋头看书、做题，不会累，不会停，笨拙坚硬的样子像个小笨蛋。

他就不会像她一样笨。他不会明晃晃地去努力，像是恨不得告诉全世界自己一旦不努力就会什么都没有一样。他要装作自负聪明，装作云淡风轻。

再后来，在体测那天，当她站都站不稳了，还非要逞强拉着他跑的时候，他在心里暗暗地想，她果然是个笨蛋。

一个和他那样相似，却也那样相反的笨蛋。

从一些同学的口中，他得知了很多关于她的事。他知道了她初中时成绩很好却在中考时失利，背负着高额的借读费来到了市实验。他知道了她曾经被同班的女生谩骂和孤立过，尽管她性格那么温和脾气那么好。他也知道了，她和自己一样，承受着巨大的压力想要证明自己，没有退路，只能背水一战。

原来，他们两个是如此同病相怜。

然而不同的是，他为了规避伤害而学会了虚伪冷淡。她和他一样无措不安，却保持着真诚纯善。

因为她就是一个即便自己受了伤害，也不可能忍心去伤害别人的小笨蛋。

生平第一次，鹿鸣想卸下一身的伪装，在一个人面前。

只在这个人面前。

然而他刚喜欢上她，就发现了她的秘密。她有喜欢的人了。这个人不是别人，是叶风。

偏偏是叶风。那个让他羡慕到只自觉无能为力的叶风。

喜欢叶风的她看上去似乎更笨了。因为像叶风那种脑子少根筋的人，永远不可能主动去发现她埋藏在心底的那些珍藏的秘密。

她那么喜欢他，却又偏偏什么都不肯说。

春日午后的校园里，夏茉挽着叶风的胳膊走在她前面。她抬起头看他们。他跟在她的身后，抬起头看她。

爱意一旦倾泻便再覆水难收，鹿鸣明白这个道理，也明白究竟是什么让她这样难过。

鹿鸣想，他才不要像她这么笨。所以他选择了及时止损，去压抑和克制自己对她的情感。

他是个冷静理智的人，大多数的时候，他相信自己的这份情感是可以被克制住的。

但也有失控的时候。

比如，在看到她受到伤害的时候，他会忍不住地想发脾气，忍不住地想冲上去和全世界为敌。

后来，他和她一起考上了北京的大学。

曾经她说过，她最想去的城市就是北京。然而录取结果出来后，她却并没有表现出多么开心。他知道原因，因为叶风去了上海。

上大学后，他们偶尔会在微信上聊聊天，后来各自忙起来，就只会在每年互发完节日祝福的时候聊聊天。

地铁线上，他们所在的学校只有三站的距离。

就像他站在她面前，只需要往前迈一步，就可以紧紧拥抱住她一样。

可惜他心里再清楚不过，他们两个之间，永远也迈不过这一步了。

他明明离她这么近，却永远打不开她心里的那扇门。而叶风和她离得那么远，却永远地住在了她的心里面。

大四那年，他直博去了国外的一所学校。临行前他去 R 大找她，和她一起吃了顿饭。

餐厅窗外是西三环流光溢彩的夜晚，车水马龙，华灯璀璨。

他恍惚回忆起北城高中前面的那条小马路，道边的树没几棵，到了十二月份，路面就会结起一层厚厚的冰。

那条路窄小得像是再也看不到尽头。

而如今，他带着曾经的梦境坐在了这里。未来，他将会去往更远的地方。

坐在他对面的女孩刚熬完了考试周的通宵，捂着嘴巴打了个哈欠，黑漆的眼睛里冒出了点点水光。

像夜洒落在她眼底的星光。

饭桌上，他第一次向她坦白："以前我真做过很多挺自私的事儿的，感觉自己确实和他们说的一样，挺能装的。"

他看着她的眼睛，认真地说："以后再也不会了。"

“为什么突然这么说？”她夹菜的动作顿了一下，抬起头笑着问他。

因为我遇见你了。

是你让我相信，不被幸运眷顾的人也一样可以成为一个很好的人。

你不知道，你的身上究竟藏着多少能打动别人的力量。

“因为，”鹿鸣不着调地笑，“我长大了啊。”

“行吧。”她无奈地撇嘴。

分别前，他第一次鼓起勇气，借着酒劲伸手在她毛茸茸的头发上用力地揉了一下。

“好好照顾自己。”他说。

她笑着点头，说：“你也是。”

然后，他拖着拉杆箱踏上了地铁站的扶梯，站在扶梯上转过头和她挥手道别。

他曾经在心里和她说过很多次再见。

可惜他没出息，没有一次能下定决心真正地去和她道别。

然而这次，他知道，他们或许是真的不会再见面了。

所以，在未来的日子里，希望有人能打开你心里的那扇门。

也许那个人会来得有些迟。所以答应我，在等到那个人之前，一定要好好爱自己。

这是我最后一次和你说再见了。

再见了，我的小笨蛋。

林絮番外

秋天的童话 /

“我的人生总在寒冬，可他却是夏天，是我一生中只看过一次的夏天。”

初秋的蝉鸣潮水般涌入梦境，让林絮在迷迷糊糊中转醒。她按了下枕边的手机，早上六点钟。

自半个月前来到市实验中学实习的那天起，林絮便养成了早上六点钟自然醒的规律作息。她习惯性地打开微信，打算刷一会儿朋友圈来让自己恢复清醒，却在刚打开朋友圈界面时手指顿住，呼吸都慢了一拍。

朋友圈第一条，是叶风发的他和楚晚的婚礼邀请函。时间是这周末，地点就在市中心的国际酒店。

林絮盯着屏幕上闪烁着的“晚 & 风”婚礼邀请函愣愣出神，忽然想起了昨天自己在办公室里看见过的一句话。

昨天班里打扫卫生的同学捡到了一个崭新的日记本，本子的主人只在扉页上写下了这样的一句话：

“我的人生总在寒冬，可他却是夏天，是我一生中只看过一次的夏天。”

林絮想，叶风大概就她是生命中只看过一次的夏天，也是她看过的最漫长的夏天。

窗外天色微明，蝉鸣声催促不断。林絮回过神来，放下了手机，起身去换衣洗漱。

今天上午有年级组举办的诗朗诵比赛，学校要求每个班级的师生必须统一服装。林絮站在全身镜前，换上了一身“民国学生装”，把披在肩头的黑发扎成了马尾。

临出门前，她又接到了妈妈给她安排相亲的电话。

一次次去相亲，又一次次什么都相不出来。林絮走在去学校的路上，脑海中浮现起那张淡蓝色的婚礼邀请函，突然觉得胸口发闷，仿佛有密密绵绵的针刺在了她的心上。

究竟要等到什么时候，她才能找到属于自己的爱人。

又究竟要等到什么时候，她和他之间的这段时差，才能被彻底地抹平消除。

“老子告诉你，别惹我姐，就你这屄样还想和她抢男人……”

校门口附近的深巷里，忽然传来了一阵刺耳的骂声。林絮闻声跑了过去，看到两三个混混正缠着一个穿着“民国学生装”的女生。

这个女生是她班上的江萌，一个因为应激障碍而无法开口说话的女孩子。

她焦急地掏出手机，拨通学校警务室的电话通知保安过来。然后她飞快地冲了过去，把江萌一把拉住护在了自己的身后。

她的突然出现让几个混混脸上的表情都愣了愣。

“学校保安马上过来，我是她老师，你们敢动手试试。”林絮喘着气，抬眼瞪着他们说道。

“里边那几个，干什么呢！”保安的声音刚好从巷口传了过来。

“保安来了，还没教训她，咱们咋跟咱姐交代？”一个黄发的混混问旁边的花臂男道。

“不管了，总要给她一点教训！”花臂男突然从裤兜里抽出把水果刀来，冲上前便要往江萌的身上划。

林絮来不及反应，几乎本能地用一只手用力将江萌往后一拽，另一只手快速挡在她的面前。

锋利的刀刃瞬时扎破林絮的手掌心，划过一道长长的血痕，让林絮疼得皱了皱眉。

林絮感觉到江萌牵着她的手紧了紧。

她咬了咬唇，正想回头安抚江萌，就看到两个保安已经迅速赶到。和保安同时赶到的，还有另一个陌生男人。

几个混混嘴里骂着脏话，被保安压制住带走。

“没事吧！”男人一把拉过江萌的胳膊，将她全身上下都认真打量了一遍，然后才松开她，视线落在了林絮流着血的手掌上。

“救人可不是这么救的，”他目光上移落到她微微泛白的脸上，有些无奈地笑了下，抬了抬下巴问她，“以前没打过架吧，小孩？”

林絮看清了眼前男人的模样，他身材瘦高挺拔，皮肤很白，五官清秀利落，说话时的样子有些玩世不恭。

她被他问得一愣，刚想开口解释，就看见江萌表情复杂地扯了扯他白色夹克的袖子。

江萌用手语向他比画了几下，他一脸惊讶地“啊”了一声，然后转过身来，不好意思地挠了挠后脑勺。

他挠头的动作带着生涩的少年气，让林絮在无意间晃了下神。

“你是她老师啊？我是她堂哥，我叫江亦风。”他热情地介绍自己，说着视线又落到了她的手掌上，“刚才谢谢你了，我陪你去趟医院吧。”

林絮回过神来，笑了笑说：“没事，我去学校的医务室包一下就行。我和萌萌一起走，你就先去忙吧。”

见她推托，江亦风便没再坚持，点头答应了她。

朗诵比赛结束后，林絮坐在办公桌前，静静地望着自己被白纱布包裹住的右手出神，忽然想起了今天早上江亦风问她的那句话。

他问她，你以前没打过架吧。

没有人会知道，这已经是她第二次打架了。第一次是在十几年前的酒吧里，为了保护那个她最喜欢的男孩子，她拼命地去抢小混混手里的刀，被刀刃一次次地割伤了手。

时隔这么多年，那段记忆依旧能清晰地浮现在她的眼前，像被重新播放的老电影。她想不透原因，只能轻轻苦笑。

傍晚时分，昏黄的暮色将整座教学楼淡淡笼罩。

林絮收拾好东西走出办公室，路过大厅时，瞥见了墙壁上挂着的那张全新的优秀毕业生光荣榜，不自觉地停下了脚步。

被射灯打亮的光荣榜上，他和她的照片紧挨在一起，和当年的情景一模一样。

恍惚间，她的思绪再次被拉回到高中那几年。然而一个轻快的男声忽然传入耳畔，将她的思绪瞬间拉了回来。

“你和叶风认识吗？”江亦风不知道为什么突然出现在她身边，开口问她道。

他身上还穿着早上的那件纯白色夹克，眉眼轻扬，说话时还是吊儿郎当的不羁神情。

“你认识叶风？”林絮下意识地反问他，又意识到不太对劲，补充问道，“你怎么进来的？”

市实验的门卫室查得很严，不会让校外人员随意进出。

“翻墙啊，”江亦风回答得十分自然，“你们学校后门的那片墙多容易翻。”

“叶风是我研究生同学。”他又说。

“你也是复旦毕业的？”林絮满脸惊讶地问道。

“怎么，”江亦风哭笑不得，玩笑道，“我看着不像能考上复旦的是吗？”

“没有，”林絮被他逗笑了，解释道，“我就是觉得太巧了。”

“你还没回答我问题呢，你俩以前是高中同学？”江亦风接着问。

林絮点了点头。

“那他这周末办婚礼，你也去吗？”

林絮一愣，摇了摇头。

“我和他……不太熟，就不去了。”她说。

“这样啊。”江亦风说着，转开了话题，“早上我妹的事谢谢你了，她和我说你在学校里特别照顾她。我还真没想到，她平时不吭不响的，竟然还暗恋别的班的小男生，给人家写了好几本日记还都给弄丢了。估计就是因为这个才被那个男生的追求者给盯上了。”

江亦风一脸恨铁不成钢的表情：“喜欢就去追啊，自己写日记有什么用，还不如写个情书直接塞他手里。”

林絮再次被他逗笑，好像是很久以来的第一次，她能从一个男孩子身上感受到久违的快乐。

江亦风送她回了家，执意要请客向她道谢。她拒绝说不用客气，他便加了她的微信，说等她什么时候需要他帮忙了，就再联系他。他还说最近自己在休公司的年假，这半个月都特别闲。

在家闲得无聊的理工男，偶尔会给堂妹进行一下学习辅导。某天他忽然在微信上给她发过来一张文言文试卷的截图，说：“‘小猿’都搜不出来的题，我决定直接来找你。”

她被逗笑了，把答案给他发了过去，得到了他的下一条回复：

“北大中文 yyds（网络流行语，即‘永远的神’的缩写）！”

傻缺。林絮腹诽，却被他的话莫名戳中了笑点，不自觉地又笑了起来。

转眼间便到了周末。

妈妈前几天打电话说又给她安排了相亲，时间定在这周末。第一次，林絮没有拒绝，爽快答应。

听妈妈说，她这次的相亲对象是名校毕业，现在就职于北京的一家投资公司，长相端正个子高，还正好和她同龄。

所谓合适和优越的条件就像一个个固定的模板，相似的模板里装着的，是拥有不同血肉和灵魂的人。

可惜这些人，总是些让她没办法心动的人。

对于这次的相亲对象，她依旧没抱有太多期待。她只是想找个机会逃离。

在叶风婚礼的这一天，逃离她心底暗涌的那些悲伤情绪。

林絮到了餐厅时，相亲对象还没有来。餐厅里剩的座位不多，她随便选了个门口的位置坐下，刚想打开手机看一眼时间，就注意到一个有点眼熟的女人朝自己走了过来。

很久没见的一个人，但林絮还是认出了她。

“哟，林絮，这么巧啊，在这儿遇见你。”何渺穿着一身红色风衣，化了浓艳的妆，惊讶地站在她面前和她打招呼。

林絮礼貌性地朝何渺笑了下，没再说什么。

“今天叶风办婚礼你没去吗？”她轻笑了下，语气刻薄地说，“你说你当时那么喜欢叶风，有什么用啊，人家不还是一直都看不上你。”

何渺阴阳怪气道：“你不会到现在还没找着对象吧？”

林絮不想听何渺说下去，也不想和何渺纠缠，拿起包准备起身离开，却看见一个熟悉的身影突然出现，在她对面的椅子上懒洋洋地坐了下来。

“亲爱的，我来晚了。”江亦风朝她温柔地笑了笑，而后偏头扫了何渺一眼，问，“这是你朋友吗？”

林絮顿了下，摇了摇头。

江亦风得到了她的回应，轻轻“哦”了一声。他再次抬起头打量何渺，不客气地问：“你还有事吗姐？我和我女朋友准备吃饭了。”

何渺气得脸都有些发抖，翻了个白眼便转身推门离开。

“你怎么在这儿啊？”林絮笑着问他。

“我，就是你那个优秀的相亲对象。”江亦风把脸朝她凑了凑，臭屁地问，“怎么样？满不满意？”

“原来我妈单位同事给我介绍的相亲对象是你啊，”林絮又笑起来，问，“你不去参加叶风的婚礼了吗？”

江亦风表情怔了怔，说：“不去了。”

“你还是去吧，咱俩的饭什么时候吃都行，下次我请你。”林絮道。

江亦风沉默了片刻，抬头说：“其实我不太想去。”

“为什么呀？”

因为刚才你俩的对话我都听到了。我知道你今天应该不太开心，所以我想陪陪你。

“因为，”江亦风索性胡编了个极其可信的理由，“我以前暗恋过楚晚。”

林絮正低头去喝玻璃杯里的柠檬水，差点被一下呛住。

“所以，你能不能，陪我出去玩一天？”江亦风像只狗狗一样托着腮看她，一脸委屈巴巴的样子。

“行，那我们吃完饭就去。”林絮笑着说道。

吃完午饭后，林絮向江亦风提议去方特游乐园玩，江亦风欣然答应。

林絮头一次想挑战一些刺激的项目，海盗船、过山车和跳楼机轮着体验，江亦风和她一起一个个玩了下来。

他们玩完最后一个项目的时候，时间已经是晚上。漆黑的夜幕被五彩斑斓的霓虹光线染上了夺目的光，游乐园里依旧人声嘈杂，音响里的儿歌声和小朋友的吵闹声阵阵不断。

林絮的身体倒是没什么反应，江亦风却忽然趴在路边的垃圾桶上吐个不停。

“服了，你也就看着像林妹妹，实际上是个林女侠吧。”江亦风接过了林絮递给他的矿泉水和纸巾，边漱口边吐槽道。

林絮神色愧疚地帮他拍了拍背，抱歉道：“我不知道你受不了这些项目，对不起啊。”

“是我让你陪我玩的，再说你又不知道我会吐，我自己都不知道我会吐，你和我道什么歉啊。”江亦风直起身来，看着她的眼睛质问她。

林絮愣住了，心上某个柔软的地方像是被轻轻触碰了一下。

“你还想玩吗？要不我们回去吧，挺晚了。”她接着说。

“玩个舒缓点的吧。”江亦风抬起头，看见了不远处墨蓝色天幕下闪烁着彩色灯光的大型摩天轮，眼睛亮了亮，问，“你想坐摩天轮吗？”

于是林絮和江亦风一起坐上了摩天轮。

座舱缓慢移动，狭小的空间里，海浪般的轻音乐静静流淌在耳畔。林絮忽然想起了什么，把一直装在单肩包里的那个小小的日记本掏了出来，交给了坐在自己对面的男人。

“这是萌萌之前弄丢的日记本，是本新的，只写了一页。”她说，“我一直放在包里忘记给她了，你帮我还给她吧。”

江亦风接过日记本，低头看了眼扉页的那句话，一脸疑惑地抬眼问她：“为什么非得是夏天？”

林絮没太听懂，问：“什么？”

“我说，为什么形容一个人好，就非得用夏天作比喻啊。夏天有什么好的，热得要死，打会儿球汗就得黏一身。”

林絮无奈地笑，思索着该怎么和理工男解释他提出的这种奇怪的问题。

“因为夏天很长呀，很多夏天里出现的意象都是‘美好’的代名词，比如阳光、蝉鸣、林荫道……”

“可是夏天已经过去了啊。”江亦风忽然打断她。

耳边的轻音乐似乎一下被消了音，座舱上升到最顶端，狭小的空间里忽然变得安静起来。

林絮怔住了，不再继续说下去，而是偏头看向了他的眼睛，一双明亮的，被星空染上光的眼睛。

他见了她错愕的眼神，弯起眉眼笑得灿烂干净。

“现在是秋天。”他说。

“秋天不好吗？”他看着她的眼睛，诚恳认真地问她。见她不回答，他便拉起她的胳膊，让她伸手去触碰秋夜里轻柔微凉的风。

“秋天多凉快啊，你感受一下，是不是特别舒服？”他执着地想要说服她。

林絮望着他隐匿在光影里的轮廓，温柔地笑了起来。

“嗯，你说得对，”她回答说，“夏天已经过去了，现在是秋天。秋天也很好。”

在秋天里，她也可以拥有美好的童话。

一个属于成年人的童话。

后记

最初动笔写下这个故事，是在那年的夏天。

那年的我二十三岁，刚刚考研结束，在家里等待 9 月份入学。我是在辞职后用了将近三个月的时间，放弃了自己本科所学的热门专业，成功跨考了一个自己十分热爱的冷门专业的研究生。

是一个少年带给了我勇气和力量。

我曾经追逐那个少年，用了一整个青春的时间。

在考研结束后，我想，要不要写下一个故事，以此来纪念我的青春，和我的少年。

于是便有了这本书。

我是在十三岁遇见他的，就像林絮在十三岁遇见了叶风。

小学时的我胆小自卑、孤僻内向，时时刻刻想把自己伪装成一个不被任何人发现的透明人。

然而在十三岁那年，我遇见了一个像太阳一样自信张扬、活跃开朗、被周围无数人簇拥喜欢的男孩子。

在我的世界观还没有被完全打开的时候，他蓦然闯进了我的世界，仿佛一道疾速的光，照亮了我的前路。

是他不介意我的无趣寡言，总是主动来和我聊天。是他很喜欢夸奖我，让我看到了自己身上的很多闪光点。也是他，在我每次想缩进人群角落的时候，把我揪出来给我刷存在感。

似乎只要有他在，我就一定能感受到自己的存在。

很强烈的存在。

在他的眼睛里，我看见了一个以前从未看见过的自己。

一个很好很好的自己。

然而我们之间却有着永恒的时差。我够努力，却常得不到幸运眷顾。在无数个人生大大小小的转折路口，我们总是分离。

漫长逼仄的孤单青春里，他也只是曾经出现了那么一小下，陪我走过了一段很短很短的旅程。

然后，他转身走向了更大更远的世界，遇到了那个让他很爱很爱的女孩。

那时候我才发现，爱情原来是这样一件让人无能为力的事情。而我和他之间的故事，也短暂到还没来得及发生便已经讲完。

现在的我，早已坦然接受了我和他之间的结局，也不得不承认，我们早已欣然奔赴各自的人生，再不会相遇，再没有交集。

我在心里走了很久很久的一段路，对此，他一无所知。

而曾经那个一出现便能照亮我整个世界的男孩子，终究只变成一个符号，被封存在我少年时代的青春记忆里。

我接受遗憾，接受错过，接受求而不得，也接受即便有机会让他见到如今的我，一个焕然一新的更好的我，他也很可能并不会喜欢我。

然而我终究会有些难过，难过我依旧会在很多个人生角落里记得他，难过如今的我对于这个世界的太多感受，还是与他有关。

我会在看到每个张扬肆意、自信耀眼的男孩子时忽然晃神，想起那个我曾经爱了很久很久的少年。

他曾经借走我整个青春没还。

然而若要时光重来一次，我还是想遇见他。

因为我相信每次心动都高价不售，在这场折磨人偏又难躲的漫长旅程中，我孤单一个人，却终也算爱得尽兴。

然而最遗憾最难过，不是最终没能和他在一起，而是会责怪当初的自己，为什么不肯再勇敢一点。

人生这样短暂，我们为什么不再勇敢一点。

写下这篇后记，是想给这本小说和我的暗恋画下一个最终的句号，也想和喜欢这本小说的读者们说，希望你们能够比林絮和我更加勇敢。

希望你们能和你们爱的人拥有一个圆满结局。

但如果全力奔赴过了却依然不能，我希望你们，能永远拥有奔向下一个爱人的胆量和勇气。

下一本书，我们有缘再见，爱你们。

孟栀晚

于 柳月深夜